インチキ聖女
と言われたので、
国を出て
のんびり
暮らそうと思います
1
日之影ソラ
Illust. Chum

CONTENTS

第一章　田舎育ちの聖女……010
第二章　辺境暮らし……045
第三章　新しい生活……062
第四章　冒険者のお仕事……076
第五章　流行病のち流星群……092
第六章　チェシャ……118
第七章　再会とさようなら……134
第八章　花開く祭り……169
第九章　この気持ちは何だろう……182
第十章　魔物の軍勢……205
第十一章　変わらぬ二人で……248

第十二章　昔と今とこれからの未来……261
第十三章　約束を果たそう……281
エピローグ……322
閑話1．いつもと変わらない？……326
閑話2．聖女の印……332
閑話3．恋愛相談？……339
書き下ろし番外編　幸福のパンケーキ……346
あとがき……354
イラストレーターあとがき……356

第一章　田舎育ちの聖女

聖女とは、神の依代であり、この世で最も清らかな乙女。その祈りは難病を癒し、魔を退け、世に平和をもたらすと言われている。

ここユースティティア王国では、百年に一人、聖女が誕生する。

聖女となった女性は必ず、黄金の髪と青い瞳を持つと決まっており、五歳の誕生日にはその証である刻印が胸の真ん中に浮かび上がる。

聖女の存在は国の宝であり象徴でもある。多くの民が聖女を崇め、魔の者は聖女を畏れ退く。それ故に聖女には、様々な責任と義務があり、日々務めを果たしている。

王都の中心に構える城。そのすぐ下に大きな教会があり、毎日多くの人々が集まっていた。なぜなら、その教会に聖女がいるから。


「聖女様！　息子の熱が三日も引きません。街のお医者様にも見ていただきましたが、一向に治らず……」

「それはお辛いですね。その子が？」

「はい。まだ三歳なのに、こんな……」

「大丈夫です。主は未来ある者を決して見捨てません」

「本当ですか？」

「はい。私の祈りで、それを証明しましょう」

聖女は両手を前で組み、瞑想して祈りを捧げる。

「主よ――か弱き我らに癒しをお与えください」

聖女の手が淡く光り出す。光は熱で苦しむ子供を包み込む。祈りの光で包まれた子供は、徐々に苦し気な表情を和らげていく。そして、光が消える頃には、顔色もすっかり良くなっていた。

「祈りは届きました。もう大丈夫です」

「あ、ありがとうございます！」

母親は涙し、聖女と子供はニコリと微笑む。

その様子を眺めていた人々が、口を揃えて言う。

「さすが聖女様！　我々の希望だ」

「ええ、本当に。それになんてお美しいのかしら」

「それは当然だろう？　神の天啓を受けたお方だ。この世で最も美しい女性で間違いないよ」

聞こえてくるのは称賛の声。

それを聞いても、聖女はうぬぼれたりしない。ただまっすぐに受け止め、役割を果たすだけ。

そんな毎日が続いていく。

――五時間後。

「はぁ～、やっと終わりました～」

人がいなくなって、ようやく肩の力が抜ける。

私は長椅子にダラーンと座って、天井を見上げながらため息をこぼす。

「聖女様、気を抜きすぎですよ」

「あら？　ロラン、戻っていたのね」

「はい、つい先ほど。それより！」

長椅子に寝ころぼうとした私を、ロランはちょっと強引に引き起こす。

「しっかり座ってください」

「良いじゃない。もうお務めは終わったわ」

「良くありませんよ。何度も言っていますが、貴女はこの国の聖女様です」

「ええ、知っているわ」

「でしたら、もっとこう……シャキッとしてください」

「皆の前ではしているわよ？」

「そうですが……う～ん、もう良いです」

ロラン・アルダー。

彼は聖女である私、フレメア・サースレア専属の騎士で、七年前からこの教会で一緒に暮らしている。いわゆる幼馴染で、私にとっては家族みたいな人。

「ずっと気を張っているのは疲れるもの。貴方の前でだけは、気楽にいさせてほしいわ」

「……わかりましたよ。では私は、夕食の準備をしてきますので」

「お願いするわ。ちなみにメニューは何かしら？」

「良いお肉を頂いたので、ビーフシチューです」

「本当？　楽しみにしてるわ！」

ロランは料理が得意。一緒に暮らし始めた頃から、彼がご飯を作ってくれる。

その中でもシチューは特に美味しい。一口食べれば疲れなんて吹き飛ぶくらいだわ。

ウキウキしながら待って、やがて夕食の時間になる。

教会の奥に私たちの生活スペースはあって、一階にキッチンとか食堂もある。

二人で同じテーブルを囲んで、一緒に手を合わせる。

「「いただきます」」

食材と作ってくれたロランに感謝しながら、大好きな料理を口に運ぶ。

私にとっては至福の時間だ。このひと時のために頑張っていると言っても過言ではない。

「やっぱり最高ね。ロランの作る料理は」

「今さら何を？　おだてても何も出ませんよ」

「十分もらってるわ。貴方がいてくれなかったら、私は聖女なんて続けられないもの」

「そこまで言いますか？」

「ええ。だって私、元々ただの村娘だったのよ？　それがいきなり聖女になって、こんな大きな街に来させられて……最初は大変だったわ」

私が聖女として王都に来たのは十歳のとき。

文字通り右も左もわからなくて、王都の街で迷子になったり。敬語なんて使ったこともなかったから、王城でレッスンさせられたり。

後はいろんなマナーとか作法を学ばされて……。

「本当……大変だったわよ」

「言葉と表情からにじみ出ていますね」

仕方がないじゃない。好きで聖女になったわけでもないんだから。本当はすぐにでも村に帰ろうと思ったくらいだもの。

だけど――

「聖女様？」

「何でもないわ。冷めないうちに食べましょう」

賑やかな食事も終わり、片づけを始める。私はその間にお風呂を済ませて、寝間着に着替える。

「相変わらず聖女らしくない格好ですね」

「ふふっ、こっちのほうが寝やすいの」

「知っていますよ。ただ、寝ぼけてそのまま外に出ないでくださいね」

「失礼ね！　そんなことしないわ」

「……いえ、以前に一度ありましたから」

「えっ、そ、そうだったかしら？」

全然覚えていないわ。ロランが嘘をつくはずないし、気を付けないと……。

「まぁ、お疲れなのはわかりますし、気を緩める時間も必要です。ただあまり気を抜いていると、誰かに見られてお叱りを受けるかもしれませんよ？」

「平気よ。もしそうなったら、胸を張って出ていくだけよ」

「駄目ですよ、そういう冗談は」

ロランは呆れ顔でそう言った。

半分冗談だけど、半分は本気なのよね。

◇◇◇

穏やかな陽気に包まれる朝。ベッドから起きたくない私の耳に、ロランの声が聞こえる。

「聖女様、もう朝ですよ」

「……まだ眠っていたいわ」

「ダメです。特に今日は絶対にダメです」

そう言って、ロランは布団を強引にはぎ取る。

「うっ」

「さぁ、起きてください」

「うぅ……なんでいつもより強引なの？」

「まさかお忘れですか？　今日は陛下への報告日ですよ」

「あっ」

「その反応は忘れていましたね」

そういえば、そんな話を昨晩にした記憶があるわ。

月に一度、国王様に近況を報告する日。それが今日。だからロランは、いつもより慌てているのね。

「でも、もう少し優しく起こしてほしいわ」

「文句を言わないでください。そもそも、他人に起こされなくても済むようになればいいのでは？」

「それは無理よ。私にとっては、ロランの声が目覚ましだもの」

「……いや、私はニワトリではないので」

朝から何度もロランの呆れ顔を見た。

もう少し楽しみたいけど、さすがに怒られそうだからやめておきましょう。

「少し急いでください。あと十五分後には出発します」

「わかったわ。じゃあ着替えるから待ってて」

「はい。何度も言いますが、お早めにお願いします」

「大丈夫よ」

ロランが部屋を出てから、ベッドの横に用意された服に着替える。代々の聖女が身につける伝統的な服だけど、私にはちょっぴり着づらい。

もっと軽くて動きやすい服装が良いわ。

「なんて、文句を言っても着なきゃダメなのよね……」

ブツブツ言いながら、私は聖女の服に着替える。

身支度を整えて部屋から出ると、騎士服に着替えたロランが待っていた。

彼が普段着ているのは、訓練用の服らしい。

「似合わないわね」

「言わないでください。自覚してますから」

真っ白な騎士服は、ロランの黒い髪と瞳には合わない。ロランも自覚していて、あまり騎士服は着たがらない。そういう意味では、私の聖女服と似ているわね。

「行きましょう」

「ええ」

準備が終わって、二人で教会を出る。お城はすぐ後ろにあって、五分くらい歩けば敷地内に入れる。城の中は広くて、何度も来ているけど迷いそう。

国王様のいる部屋へは、ロランがいつも案内してくれる。そして、私たちは王座の間に入る。

王座で待つ髭の生えた男性が、この国の王様。

「陛下！　聖女様をお連れしました」

「うむ、ご苦労であった。ではさっそくだが、聖女フレメア。近況を聞かせてもらえるか？」

「はい」

気を付けるのは笑顔と敬語。国王様に失礼がないように、精一杯の礼儀を示して話す。時間は十分くらいだけど、これが一番疲れる。

「下がってよいぞ」

「はっ！」

「ありがとうございます」

話が終わり、王座の間を出る。

国王様の顔が視界から消えて、どっと疲れが襲う。

「……疲れたわ」

「我慢してくださいね。戻ったら休憩しても構いませんので」

「休憩じゃ足りないわ」

「なら、何か甘い物も作りますから」

「本当？　約束よ？」

「はい。ですから、くれぐれも城内では気を抜かずに」

心配いらないわ。お菓子を作ってくれるって聞いたら、ちょっと元気が出たもの。ロランは料理も上手だけど、お菓子作りもプロ並み。とても楽しみだわ。

「早く戻りましょう」

そう言って、私は歩くペースを上げた。

少しでも早く、この窮屈なお城から出なくては。だけど、こういうときに限って、会いたくない相手に出くわすものね。

「あら？　ごきげんよう、聖女フレメア」

彼女はユリア・シェラザード。

私と同じ年で、この国の王女様。

隣にいる男性は、アルフレッド伯爵様という貴族の一人。

先に言っておくと、私は彼女のことが苦手よ。

だって……。

「もう帰られてしまうの？　やっぱり田舎暮らしが染みついて、何年たってもお城には慣れないかしら？」

あっちが私のことを嫌っているから。

「ロラン、貴方も大変ね。嫌なら他の人に代わってもらってもいいのよ？」

「いいえ、私は望んで聖女様の専属騎士となりましたので」

「そう……もの好きね」

会う度に悪態をついてくる。

王女様じゃなかったら、文句の一つも言いたくなるわ。

別に私が何かをしたわけじゃない。

ただ、私が聖女だから、彼女は目の敵にしているだけ。

「仕方ありますまい。田舎聖女を教育するのも、彼の役目でしょうからな」

「伯爵、それは聖女様への侮辱です」

「おやおや、私はそんなつもりで言ったわけではありませんよ」

それと伯爵も王女様の味方をして、一緒になって悪口を言う。

ロランが怒るのもいつものこと。

私のために怒ってくれているのは嬉しいけど、その所為《せい》でロランが罰せられないか心配になる。


聖女に選ばれる女性には、血筋が大きく関係する。

力が遺伝するというわけではなく、子が母に似るのと同じように、聖女の娘は聖女に似るからだと言われている。

黄金の髪と青い瞳の女性というのは、神様の好みなのかもしれない。そして、これまで聖女に選ばれるのは、王家の人間であることが多かった。これも初代国王が、当時の聖女と結ばれたことに起因するらしい。

ただし、王家の血筋から聖女が選ばれやすいというだけで、確定でそうなるわけではない。何代かに一度は、無関係な者が選ばれることがある。

私もそのうちの一人だった。

もうわかると思うけど、王女様が私を嫌う理由は、自分を差し置いて私が聖女に選ばれたから。

自分が選ばれるはずだったのに、私みたいな村娘に横取りされたからだ。

そしてもう一つ、私を嫌う理由が――廊下の向こうから歩いてくる。

「フレメア」

「ユリウス様」

私より薄めの金髪に青い瞳。

彼の名前はユリウス・シェラザード。

この国の第一王子であり、私の婚約者でもある人。

「お兄様！」

「ユリアも一緒だったのかい？　相変わらず仲がいいね？」

「はい、当然ですわ」

ユリウス様の前ではニコニコと好意的な王女様。これを見てわかる通り、王女様はユリウス様のことが大好きみたい。

純粋に兄を慕う妹の王女様は、私みたいな村娘に、大好きな兄が奪われるのが嫌らしい。

ここでもユリウス様がいなくなれば、王女様はまた私に悪態をつくだろう。

私だって望んで婚約者になったわけじゃないのに……。

聖女は王族の一員であるべきだって王様がおっしゃるから、それに従っただけなのに……。

いっそ婚約を破棄出来れば楽だと思ったこともある。

だけど――

「元気かい？　フレメア」

「はい。ユリウス様もお元気そうで良かったです」

「僕は見ての通りさ。ロランも、いつも彼女を守ってくれてありがとう」

「いえ、それが私の役目ですので」

「相変わらずまじめだね、君は」

ユリウス様、普通に良い男性なのよね。優しくて爽やかで、非の打ちどころのない完璧人。女性なら誰でも憧れる絵にかいたような王子様だわ。

だから王女様のことは苦手だけど、ユリウス様のことは嫌いになれない。

「フレメア、今度一緒に食事でもいかないかい？」

「はい。喜んで」

「そうか。日程が決まったら連絡するよ。ではまた」

「はい。またお会いしましょう」

そう言って、ユリウス様は去っていく。

「姫様、我々も行きましょう。あまり一緒にいては、良くないものがうつってしまうやもしれません」

「そうね。ではごきげんよう、聖女フレメア」

王女様と伯爵も去っていった。

ようやく静かになって、私は小さくため息をこぼす。

「私たちも帰りましょう」

「そうね」

王城からの帰り道は、普段と違う疲れを感じる。

二人して無言で歩くのは、このときくらいだと思う。

◇◇◇

その日の夜。王城の一室では、複数の男性貴族が集まっていた。

暗い部屋で蠟燭《ろうそく》をつけ、何かを話している。その中心にいるのは、アルフレッド伯爵である。

「して、陛下のご様子は？」

「相変わらずだ」

「そうか……いつになったら気付いてくださるのやら」

「難しいだろう。王子も優秀だが欲が足りない。だから、あんな田舎聖女が支持されるのだ」

聖女は国の宝であり象徴。

それ故に、絶大な支持を集める存在でもある。

その聖女が王家の血筋ではなく、田舎娘であることを、彼ら貴族は快く思っていなかった。

「やはりあの計画を実行すべきでは？」

「うむ、そのつもりだ。幸いなことに、姫様は私のことを信頼してくださっている。多少の不自然さなど、気にもされない」

アルフレッド伯爵はニヤリと笑う。

◇◇◇

初めは小さな噂だった。

「おい聞いたか？　あの噂」

「あんなのただの噂でしょ？　聖女様に限ってそんなことあり得ないわ」

「俺だってそう思うさ。でも、万が一ってこともあるし」

どこから始まった噂なのか、流している当人たちも知らない。

信憑性など皆無だったのだけど、内容が内容だったから、噂はすぐに広まっていった。

「そんな……聖女様が……」

「本当なのか？　あの方に限ってありえない！」

「でもみんな言っているわ！」

「いや、しかし――」

噂には尾ひれがつく。

人から人へと伝わるときに、語り手の感情が入ってしまうから。

理解力や持っている情報にも格差がある。

受け取り方は人それぞれで、発信するときの言葉も違う。

ちゃんと伝えることを目的にした伝言ゲームとは異なり、伝え方にルールはない。

だから、こういう方向に話が飛躍しても、仕方がないんだ。

「何が聖女だ！　騙しやがったなぁ！」

「落ち着いてください」

「どけ騎士！　これが落ち着いてられるかよ！」

いつものように教会で悩みを聞いていた。

穏やかだけど慌ただしい時間が、一瞬で変わりさる。

一人の男性が教会に乗り込んできて、いきなり怒声を浴びせられた。

私は訳も分からず固まって、ロランが仲裁に入ってくれている。

「あ、あの！　どうされたのか教えてください」

「黙れ偽物！　お前の所為でうちの息子が重い病気にかかっちまったんだぞ！」

「なっ……どういうことですか？　詳しく説明を」

「うるせぇ！　離せよ！」

ロランの腕を振り払い、男性は苛立ちを露《あらわ》にして立ち尽くす。

呼吸を乱しながら、親の仇でも見るように私を睨む。

生まれて初めて向けられる視線に、私は怖くて足がすくんでしまう。

「お前の所為だ……お前のインチキな祈りを受けたから、うちの息子は……絶対にゆるさねぇ！」

教会の中がざわつきだす。

チラリと聞こえてきたのは、街で広まっているという噂だ。

「やっぱりあれって本当だったのか？」

「実は聖女様が偽物で、俺たちを騙して国を乗っ取ろうとしてるって話か？」

「ああ……信じちゃいなかったけど、こんなの見せられたら」

いつの間にか、私が偽物だという噂が王都中で広まっていた。

私とロランが知ったのは、つい昨日のことだった。

ロランが聞き込みをしたり、発生源を調べてくれたけど、噂は広まりすぎていて一日では調べきれなかったらしい。

私は楽観的で、噂なんてすぐなくなると思っていた。

だけど、実際は強さを増すばかりで、今みたいな出来事を引き起こしている。

「あ、あの……私は……」

怖い。

人の顔を見ることが、こんなにも怖いのは初めてだ。

感謝の言葉ばかり貰っていて、怒られたことなんて数えるほどしかない。

それも小さい頃の話で、聖女になってからはなくて……。

どうしたらいいのかわからない。

何を言えば良いのか、わからなくてオドオドしていると――

「お話は理解いたしました」

ロランが私を庇うように前に立ち、怒る男性に話しかけてくれた。

彼は続けて言う。

「でしたら、ご子息をこちらにお連れください。聖女様が祈りの力で重病とやらを治せば、偽りではないと証明できましょう」

「ロラン……」

彼はまっすぐに男性と向かい合い、揺るぎない眼差しをしている。

「聖女様は偽物などではありません。多くの方々を救い導いてきたお方です。貴方が何を言おうと、私はそれを信じます」

「な、何が信じるだ！　聖女に飼われてる犬の癖に！」

「私を選んだのは陛下です。その発言は、陛下に対する侮辱ともとれますが？」

「っ……」

男性は苦い表情を浮かべる。

国王様の名前を出されて、対応に焦っている様子だった。

「さぁ、ご子息をここへ」

「う、うるせぇ！　それで息子は重病になったんだ！　二度とここへは連れて来ねぇーよ！」

そう言って、男性は怒りをまき散らして去っていった。

「皆さま、申し訳ありませんが、本日はここまでとします。聖女様もお疲れの様子ですので」

ロランが気を利かせてくれた。

静まり返った教会からは、他の人たちも次々に出ていく。

もう普段通りに振る舞える状況でもない。

しばらくして、誰もいなくなった教会に、ポツリと立ち尽くす。

「聖女様、一度中へ戻りましょう」

「ロラン……私……」

「大丈夫です。あんなものは根も葉もない噂ですから」

「で、でもさっきの人の話が本当なら！」

「そこも心配いりません。あまり言いたくありませんが、先ほどの男性は嘘をついていました」

「えっ……そう、なの？」

「はい。会話の中で探りを入れましたが、ほぼ間違いないでしょう。何より、ここへ息子とやらを連れてくることを拒みましたから」

ロラン曰く、息子がいるかどうかも怪しいとのこと。

彼は騎士として様々な訓練を受けているから、他人が嘘を言っているのかも、声色や視線で予想がつくそうだ。

それを聞いて、少しだけ安心して……その夜はすぐに眠ってしまった。

もしかしたら、朝になれば全部元通りになっているかもしれない。

そんな期待を、寝入る直前にした気がする。

◇◇◇

翌朝、いつもより身体が重く感じた。

目覚めて最初に浮かんだのは、昨日の悲しい出来事だった。

ロランの声も聞く前で、最悪な目覚めだ。

トントントン――

「聖女様、お目覚めですか?」

「ええ、入って良いわよ」

「失礼します」

ロランが顔を見せてくれた。

彼はベッドの横に来て、私の顔を見つめる。

「昨晩はよく眠られましたか?」

「たぶんね」

「そうですか……実は先ほど王城より連絡がありました。王都で広まっている噂について、陛下が直接聞きたいとおっしゃっているそうです」

「国王様が……今すぐ?」

「はい」

「そう、なら準備するわ」

ロランは部屋の外に出て待機する。

私は聖女の服に着替えながら、大きなため息をこぼす。

準備を終えたら、ロランと一緒に王城へ向かう。

◇◇◇

王座の間で、国王様は待っていた。

「単刀直入に言おう。フレメアよ、街で流れている噂は事実か？」

「いいえ、私は偽物の聖女ではありません。この胸の刻印が何よりの証拠です」

聖女の胸には刻印が刻まれる。

それを国王様に確認してもらって、信じていただこうと思った。

国王様はじっと見つめ、しばらく黙る。

「陛下！　あれはただの噂に過ぎません。聖女様はこれまで、多くの方々を救い導いてきました。その事実は、私の目と耳が知っています」

珍しくロランが陛下に意見した。

すると、陛下は彼に言う。

「ロラン、私もそう信じていたよ。だが……今は違うのだ」

「どういうことですか？　陛下」

「それは私から説明するわ！」

ドンと勢いよく扉が開く。

現れたのは王女様と伯爵だった。

意気揚々と歩き、王女様は私たちの前に立つ。

「ロラン、これを見なさい」

王女様は自分の胸元をロランに見せる。

それを見た瞬間、ロランは驚き目を丸くする。

「その刻印は……」

「わかるでしょ？　聖女の刻印よ」

「ありえません！　刻印は時代に一つだけと決まっています！　二つあるはずが――」

「そうよ。つまり、どちらかは偽物なの」

王女様は私のほうを見てニヤッと笑う。

同じように伯爵も、私を見てニヤニヤと笑っていた。

この時点で私は、二人がよくないことを考え、実行しようとしていることを察する。

「私が本物の聖女よ！　そこのインチキ田舎娘の力で隠されてしまってたけど、つい昨日こうして現れてくれたわ。そうでしょう？」

「はい。まったく解除するのに苦労しました。ですが、これで不正も明るみになります」

「何の話をしているのですか？」

「とぼけても無駄よ！　貴女が聖女を偽っていたことはわかっているわ！」

王女様は私を指さしてそう言った。

何を言っているのかわからない。

王女様と伯爵の発言は、辻褄も合わないし証拠もない。

私は反論しようとした。

たぶん、ロランも反論しようとしていたと思う。

けれど彼女たちは、私たちに発言する隙を与えてくれなかった。

そのまま話は流れ、国王様と場所を移す。

部屋の前まで来て、伯爵とロランは外で待機するように命じられた。

中へ入るのは、私を含む三人だけ。

案内された部屋には、苦しそうに横たわる男性がいた。

どこかで見たことのある顔だと思ったら、昨日の教会に怒鳴りこんできた人だ。

全身真っ青で、黒い模様のようなあざが出ている。

「この者は昨日から原因不明の高熱を起こしている。フレメア、君が本物だというのなら、彼の病を癒してみせてほしい」

聖女の力を証明せよ。

それが国王様から出された課題だった。

苦しそうにしている彼を救うことが出来れば、偽物ではないと示せる。

いつもやっていることだ。

「わかりました」

私はいつも通りに祈りを捧げる。

原因不明だろうと、たとえ難病でも、それが病であれば癒すことが出来る。

それこそが聖女の祈り。

だからこそ、癒せなかった時点で、偽りだとわかる。

「主よ――か弱き我らを癒しの光でお救いください」

祈りの光が男性を包み込む。

これで病が治れば、私が本物だと証明できる。

そう思っていたのに……。

「う……ぐっ、あ……」

男性はさらに苦しみだした。

黒いあざが進行して、顔の半分にまで及ぶ。

「そ、そんな！」

「ふんっ、見なさい！　それが偽物の証拠よ。そして私が――」

王女様が男性の額に触れる。

すると、みるみる内にあざが消えていく。

表情も穏やかになって、呼吸からも苦しさが消える。

「本物の聖女よ！」

王女様は自慢げにそう言った。

私は動揺して、何も話せないまま固まる。

その様子を見て、国王様がぼそりと言う。

「……嘘」

「決したな」

この時の私は知らなかった。

権力者たちを中心に、王国内で数々の陰謀が渦巻いていたということを。

田舎育ちの私は、彼らにとって邪魔な存在でしかなかった。

だから、偽物の聖女として排除する計画が、秘密裏に進行していたらしい。

そして、その計画は本日をもって完了した。

「フレメア……君を王都から永久追放とする」

追放という言葉が脳裏に響く。私は声も出せぬまま、それを受け取ることしか出来ない。

「本日中に身支度を整え、この王都から出ていくがいい」

「……」

「そして金輪際、お前は聖女などと偽りを語るな」

「……」

国王様が何かをおっしゃっている。

眉間にしわを寄せ、私を睨むように見つめている。

きっと怒っているんだ。

言葉は入ってきても、理解までは追いつかない。

そんな私を見て、王女様がプンプン怒りながら言う。

「ちょっと田舎娘、お父様が話しているのよ？　しっかり顔をあげて聞いたらどうかしら？」

「……」

「フレメア！」

「よい、ユリア。フレメアよ、もう下がってよい」

下がれと言う単語だけは聞こえた。

頭はぼーっとしていたけど、身体は勝手に動き出す。

国王様に背を向け、部屋の出入り口に向かう。

扉に手をかけ開ける。

いつもはロランがしてくれていたから、こんなにも扉が重かったなんて知らなかった。

いいや、きっと今だからこそだ。

扉を開けると、ロランと伯爵がいた。

ロランは私を見るなり近寄ってきて、心配そうに尋ねてくる。

「聖女様！」

「ロ……ラン？」

ロランは普段と様子が違う私に気付いたみたい。

私の表情を見直してから、部屋の様子を確認して、また私に目を向ける。

「おやおや？　顔色が優れない様子ですが？」

すると、伯爵がニヤニヤしながら私にそう言った。

馬鹿にするような態度と口調に、ロランは苛立ちを見せる。

「聖女様に何をしたのですか？」

「なぜ私を睨むのですか？　共に部屋の外で待っていたでしょう」

「……」

「聞くべき相手は私ではなく、陛下と姫様だと思いますが？」

「……そうですね。無礼を働きました、お許しください」

ロランは丁寧に謝罪して、国王様のほうを向く。

国王様はロランにハッキリと言う。

「ロラン、その者は偽りの聖女であった。よって本日をもって王都から永久追放とする」

「なっ……お待ちください！　それはありえません！」

「事実だ。すでに証明は済んでいる。疑いの余地もなく、そこの娘は偽りだった。本物の聖女は我が娘、ユリア・シェラザードだ」

「そうよロラン！　だから、今日からは私の騎士として働きなさい」

王女様は胸を張ってそう言った。

ロランは目を疑い、何度も私のほうを見る。

私はそんな彼の顔を見ることが出来ない。

ただ黙ったまま、下を向いている。

「ロラン、引き続き聖女の護衛を任せる。並びに教会の私物を整理し、真の聖女にふさわしい状態へと戻すのだ」

「陛下、それは……」

「よいな？　これは命令だ」

「……承知しました」

国王様の命令には逆らえない。

ロランは唇をかみしめるように、国王様の命令に応えた。

その言葉が、なぜか私の頭に一番よく響いてきて、胸が痛くなった。

そこへ、一人の男性がやってくる。

「フレメア」

「ユリウス様」

ユリウス様、この国の王子様であり私の婚約者。

いつも優しく微笑みかけてくれる彼が、苦虫を嚙み潰したような顔をしている。

「全て見聞きさせてもらったよ」

「……」

「ハッキリ言おう、こんなにも腹が立ったのは生まれて初めてだ」

ユリウス様は声を震わせて言う。

「君のことは信じていた……騙されていた自分が恥ずかしい。次に王となる者として、あるまじき失態だ」

「……私は」

「やめてくれ。言い訳なんて聞きたくない。いいや、君の声はもう聞く気になれない」

「っ……」

「君との婚約は破棄させてもらうよ。異論はないね？」

「……はい」

ユリウス様との婚約が破棄された。

偽りの聖女のレッテルを張られたのだから、これも仕方がない。

そう理解する程度には、徐々に私の頭も整理され始めていた。

そして、一連の出来事が脳裏をよぎって、それらをまとめて理解する。

私はもう、この場所にはいられない。

出ていく準備をしなくちゃいけない。

そう思って、逃げるように駆け出した。

無我夢中、何も考えないまま、教会に戻って身支度をする。

と言っても、私物は少ないほうで、ほとんどが聖女として振る舞うために必要な物ばかりだった。

「……いらない」

全部いらない。

もう必要ないのだから、ここに置いておこう。

結局、手で持てるカバンに詰め込める量だけ持って、私は教会を出た。

「おい、あれ聖女様じゃないか？」

「本当だわ、どこかへ出かけるのかしら？」

私を見て、街の人たちが何かを言っている。

内容までは聞き取れないけど、私のことを話しているのはわかった。

それが今の私には、すべて悪口に聞こえてしまう。

だから、私は全速力で駆けた。

王都の街を駆け抜けて、出口の門までたどり着く。

外に出て、振り返れば王都の門がある。

私は門を見つめながら、今日までのことを振り返る。

私はなりたくて聖女になったわけじゃない。

勝手に選ばれて、祝福されて、小さな村から大きな街へ来た。

田舎育ちの私には、聖女としての振る舞いなんて大変なことで、最初はとても苦労した。

いろんな教育を受けさせられて、逃げ出そうと思ったこともある。
聖女になってからも、窮屈な毎日が続いた。
「そうよ、これでやっと解放されたんだわ！」
自由になれたんだ。
そう思うと、ちょっとだけ気持ちが楽に……、
「……あれ？」
なんで涙が出るんだろう？
聖女という鎖から解放されて、晴れて自由になれたのに。
普段から聖女なんてやめたいと思っていたはずだった。
それが叶ったのにどうして……。
「ああ、そっか……寂しいんだ」
すぐに理解した。
周りを見ても誰もいない。
一人ぼっちな自分がはっきりとわかってしまう。
寂しくて、心が痛い。
こんな風に思うくらいには、私は楽しく毎日を過ごせていたんだ。
だけど、それも今日終わった。
これからは一人で……一人ぼっちで生きていくしかない。

そんなの……、

「嫌だよ……寂しいよ」

誰か一緒にいてほしい。

私の傍にいて、他愛《たわい》もない話をして、一緒に笑い合いたい。

そう思った時、最初に浮かんだ人がいた。

ずっと一緒にいて、私を守ってくれていた人。

「ロラン」

「呼びましたか？」

「えっ……」

目を上げると、その人は今も、目の前にいた。

「何で……ここに？」

「決まっているでしょ？　私は聖女様の護衛ですから」

「で、でも私はもう……」

「違いません。最初からずっと、俺は聖女様を守ることしか考えてないので」

ロランがそう言って微笑みかけてくる。

私にはそれが眩しくて、嬉しくて、涙がもっと止まらなくなる。

「一緒にいてくれるの？」

「当然ですよ」

「本当に？」

「本当です。そもそも、私がいなくてどうやって生活していくつもりだったんですか？」

こんな状況でも、ロランは変わらずに語り掛けてくれた。

私の胸に何かが込み上げてくる。

気付けば、私はロランの胸の中で泣いていた。

込み上げてくる感情の名前はわからない。

第二章　辺境暮らし

大陸の東の端。ユースティティア王国から二つ離れた小国。それがクラリカ王国。

とても豊かな土地が豊富にあり、人々は緑に囲まれながら生活している。

中でも海に面した端っこの街ユーレアスは、観光地としても評判の良い綺麗な街だ。

「聖女様、起きてください」

「うぅ～、まだ早いじゃない……」

「いつもの時間です。早く起きないと、朝食が冷めてしまいますよ」

「大丈夫よ～、ロランのご飯は冷めても美味しいもの」

「はぁ……では、私一人で全部食べてしまいますか」

「えっ！　ちょっと待って！」

バサッと布団を吹き飛ばす。

吹き飛ばした布団は、ロランの顔にかかっていた。

「食べちゃダメよ！　私の朝食がなくなるじゃない！」

「……そうおっしゃるなら、最初から起きてくださいよ」

布団を退けたロランの顔は、よく見る呆れた表情をしていた。

彼は小さく微笑み、私にあいさつをする。

「おはようございます、聖女様」

「ええ、おはよう」


王都を出て半年。

私とロランは、二人で街の小さな教会に住んでいる。

ここは元々誰も使っていなくて、私たちが来る直前まで取り壊す計画があったそうだ。

そこに私たちが転がり込んだのは、まさに運命としか言いようがない。

「着替えたら食堂へ来てください」

「わかったわ」

ロランが先に部屋を出る。

着替えは横の机に用意してあって、それを取り上げる。

ずっと着てきた聖女の服ではなく、新しく作ってもらった服だ。

教会のシスターらしい衣装にしたつもりだけど、結局前に着ていた感じに近づいてしまっている。

ちょっぴり不満だけど、着心地は良いから文句も言えないわ。

着替え終わったら、ロランの待つ食堂へ行く。

テーブルの上には二人分の朝食が用意されていて、私は彼の向かい側へ座る。

「いただきます」

朝食を食べながら、私はロランに言う。

「そうだわ！　ねぇロラン、いいかげん「聖女様」は止《や》めてって言ってるわよね？」

「え、ああ……そうでしたね」

ユースティティア王国の聖女は有名だ。

国が違っても、聖女がどういう存在なのか、知らない者のほうが少ない。

その名を口にすることで、私たちの素性が公になったら大変だ。

と思っていたけど……。

「貴方がずっと言っているから、街の人たちまでそう呼ぶようになっちゃったじゃない」

「す、すみません……」

ロランは私のことを聖女様と呼ぶ。

長年そうしてきたから、急に変えるのは大変なのだろう。

それでも頑張ってほしかったけど、意識し忘れて何度も聖女様と呼ばれていた。

幸いなことに、街の人たちはユースティティア王国とは無関係な聖女だと思ってくれている。

国の外に出て初めて知ったのだけれど、聖女はあの国にしか存在しないわけじゃなかったみたい。

「私以外の聖女って、どんな人たちなのかしら」

「さぁ？　お会いしたことがないのでさっぱりですね」

「いつか会ってみたいわ」

「はい。その時は、全霊をもってもてなしましょう」

力こぶを見せるロラン。

料理でも振る舞うつもりかしら？

ロランの手料理を食べたら、他の料理が食べられなくなりそうね。

「そ・れ・か・ら！　二人しかいないときは、敬語もやめて良いって言ったはずよ」

「い、いやぁ～　もうこれで慣れているので、当分は難しいですよ」

「半年もあったのに？」

「七年以上続けていますからね」

つまらないわね。

出会ったばかりの頃は、時々敬語が抜けていて面白かったのに。

まぁでも、敬われている感じは嫌じゃないし、しばらくは良しとしましょう。

「それで、今日はどうするのかしら？」

「いつも通りですよ」

「そう、じゃあ食べたら支度ね」

「はい」

朝食を食べ終わったら、私は先に教会の祭壇へと足を運んだ。

ここも随分と綺麗になったわ。

最初来たときは、埃まみれで神への冒瀆《ぼうとく》も良い所だったわね。

二人で頑張って綺麗にした成果が感じられて、ちょっぴりほっこりする。

そんな風に思いながら、祭壇を眺めていると――

「お待たせしました」

牧師の格好をしたロランがやってきた。

「やっぱり黒が似合うわね」

「そうでしょうか？　私はまだまだ着慣れませんよ」

「似合っているわよ。私が保証するわ」

「ありがとうございます」

ロランはニコリと笑ってそう言った。

以前の騎士服と良い対比になって、黒い服が余計に似合うように感じる。

なのに彼は恥ずかしそうにしているから可愛いわ。

ガチャ――

教会の扉が開く音が聞こえて、私とロランは振り向く。

姿を見せたのは、街に暮らす女性だ。

「先生、聖女様、おはようございます」

「はい、おはようございます」

「どうされましたか？」

「実は――」

私たちはここで、街の人の悩みを聞いたり、病を癒したりしている。

やっていることは、王国の時と同じだ。

同じなのに、気分は全然違う。

強制されていたことと、自分から選んでやっていることは、これほど感じ方が違うのだと知った。

「ありがとうございます！」

「いえ、これも主の御心です」

発する言葉も、表情も……心の底から出たものを表している。

本当の意味で私は今、聖女として振る舞えているのだと思うから、今はとても充実しているわ。


聖女としてのお務めが終わるのは、いつも夕方くらいだ。それからロランは夕食の支度をしたり、私はダラダラそれを待ったりしている。

「今から買い出しに行こうかと思うのですが、聖女様は——」

「もちろん行くわよ」

「ですよね」

ロランは呆れたように笑う。

「当然だわ。一人で留守番なんてつまらないもの」

「ではさっそく出発しましょう」

「ええ、ちなみに何を買うのかしら？」

「三日分の食材と、修理用の工具を揃えようかと」

「工具？」

「はい。祭壇の一部が劣化していて、そこが抜けそうなので」

そういえば、階段を上った横がメシメシ音を立てていたわね。

最近になって音が大きくなったみたい。

ロランは自分で修理するつもりかしら。

「それくらい業者さんに頼んだら？」

「それくらいだから、自分でやってしまいたいんですよ。頼むとお高いですからね」

「まぁそうね」

援助のあった王都での暮らしと違って、今はお金に余裕があるわけじゃない。

相談に来てくれる人からの寄付と、ロランの仕事で何とか生計を立てている。

あまり贅沢は出来ない。

戸締まりをして、教会を二人で出ていく。

私たちの教会は、街の中心から少し離れた場所にあって、商店街へは十分くらい歩く。

ロランは、これくらい良い運動だと言うけれど、私には大変だわ。

「聖女様もちょっとくらい身体を鍛えたほうがいいのでは？」

「私は良いのよ。余計な肉をつけたら、貴方に負担がかかってしまうもの」

「なぜ私に？」

「だってそうでしょう？　いざって時は貴方に抱っこしてもらうんだから」

「……それは盲点でしたね」

しばらく歩いて、人通りの多い道に出る。

王都の街とは違った活気を感じながら、食べ物が売られている通りを歩く。

テントを張って果物や野菜を売っているお店。

建物の中で、ガラス張りのケースにお肉を陳列しているお店もある。

お米はこの国に来て初めて食べたけど、美味しいしお腹もいっぱいになるわ。

「あら先生、聖女様もいらっしゃい」

「こんにちは。あれからお身体の調子はどうですか？」

「お陰様ですっかり良いのよ。さすが聖女様の祈りだわ」

「いえそんな。お元気そうで何よりです」

野菜を売っているおばさん。

以前に左肩のしびれと重量感が続いていて、教会に訪ねてきたことがあった。

私の祈りで悪いものを祓ってからは、痛みも重みもなくなったらしい。

「今日は何がいるのかしら？　お世話になってる分サービスするわよ」

「では、これとこれを二つずつ」

「はーい、まいど。じゃあもう一つずつ追加しておくわね」

気前の良いおばさんは、ニコニコしながら袋に野菜をつめる。

ロランは少し申し訳なさそうだったけど、断る隙もなく手渡されていた。

「ねぇロラン」

「何ですか？」

「前々から思っていたけど、貴方って年上の女性が苦手なの？」

「え、そう見えますか？」

「う〜ん、何となく見えるような気がするわ」

私と話すときよりも大人しくて、口数も少ないと思う。

丁寧で礼儀正しいのもあるのだけど、やっぱり女性には顕著だわ。

「そう、ですか……苦手ではないと思いますよ。ただこれまで、聖女様以外の女性と話す機会があまりなかったので、少々距離感が摑みにくいといいますか」

「あら、そうだったの？　王都にも女性はいたでしょう？」

しかも、時々若い女性に言い寄られていたって話も聞くわ。

実際に見たことはないけど、ロランは顔が良くて性格も良いし、女性には人気だったそうよ。

「いましたけど、長く話すことはありませんでしたよ？　基本的に私は、ずっと聖女様の傍にいましたし」

「あぁ〜、それもそうね」

とりあえず納得はしてみたけど、言い寄られたのは事実なのかしら。

帰ってからでも聞いてみましょうか。

続いてお肉を売っているお店に寄る。

店員は男性で、元気よく私たちに話しかけてくれる。

「いらっしゃい先生！　相変わらず二人ともほっそいね～、ちゃんと食べてるか？」

「ええ、人並みには食べていますよ」

「ん～、先生はまだ良いが、聖女様はやせ過ぎじゃないか？　揚げたてのコロッケあるからもってくかい？」

「はい、頂きます」

このお店のコロッケはとても美味しいわ。

貰えるというならぜひ頂きましょう。

「ちょっ、聖女様！　夕飯が食べられなくなりますよ？」

「心配いらないわ。貴方のご飯は別腹よ」

「はっはっは！　そんじゃ先生の分と合わせて」

お肉屋さんのおじさんが、袋に包んだコロッケを二つくれた。

揚げたてと言っていただけあって、持つと火傷《やけど》してしまいそう。

気付いてロランが代わりに持ってくれた。

一緒にお肉も買って、食材の買い出しは済んだみたい。

次に向かうのは、商店街の端にある道具屋さん。

「食べながら歩くって罪な感じね」

「王都ではなかったことですね」

この街に来て、食べ歩きというものを知った。

ご飯は座って食べるもの、というのが私たちの常識だったけど、ここは自由だわ。

そのお陰なのか、街の人たちは活き活きと暮らしている感じがする。

「良い街よね」

「はい、とても」

この街を選んでよかったと思える。

遠い道のりだったけど、最高の場所にたどり着けた気がする。

ちなみに、道具屋さんはお休みだった。

床の修理をするのは、またの機会になりそうね。

◇◇◇

「お陰で息子が元気になりました！　本当にありがとうございます」

「いえ、お大事になさってください」

「はい！」

今日も迷える人々に救いの手を差し伸べ、多くの感謝の言葉をもらった。

夕暮れ時になり、教会の扉を閉める。

「はぁ～、疲れたわ」

「本日もお疲れさまでした。聖女様」

「貴方もね、ロラン」

「いえいえ、私は全く疲れてなどいませんよ？　鍛えていますから」

「……それは私に対する嫌味かしら？」

もっと頑張れって言われている気がするわね。

「そんなつもりはありませんよ。それに昔よりはマシでしょう」

「昔ね……確かにそうかも」

王都でのことを思い出す。

強要されていたという理由も含めて、あの頃は毎日が忙しくて大変だった。

一日に訪ねてくる人数も、今の比ではないし。

そう考えると、今のほうが何倍も楽だし気分も良いわね。

「あっちはどうなっているのかしらね」

「さぁ、どうでしょうね。ここは距離も離れていますし、情報は届きませんから」

私とロランは同じ方角を見つめる。

あまり思い出しても良いことはないのだけど、長年暮らしてきた場所だから、時折気になってしまう。

二人で過ごした教会、七年間の思い出の場所。

今頃あの教会は、どうなっているのかしら？

◇◇◇

フレメアを追放した日から一月後。

王都では様々な問題が発生していた。

そのうちの一つが、聖女の活動内容についてだ。

「聖女様にお会いできないでしょうか？」

「何度も言っているだろう？　あの方はわが国の王女様でもあらせられるんだ。お忙しいと何度も説明しているだろう」

「それはわかっております！　ですが……私の妹が重病で、ひと時でもいいので聖女様に見ていただきたく」

「ならば正式な手続きを踏むことだ」

王城の前には多くの人々が押し寄せていた。

用件は全て同じ。

新たな聖女となった王女ユリアと謁見し、聖女の力を行使してもらうこと。

以前は王城外の教会で待機し、街の人たちの拠り所となっていたのだが……。

「はぁ……どうして教会を取り壊してしまわれたんだ……」

「それ以前に、聖女様と謁見するためのお金が高すぎる。あんな額、平民の我々ではポンポンと出せないぞ」

二人が過ごした思い出の教会は、あの後すぐに取り壊されてしまっていた。

そして、現在では聖女と会うために書類による手続きと、多額の手数料が要求される。

加えて聖女は王城内の一室でしか謁見せず、一日に診る人数も少ない。

これまでとは異なる対応に困惑し、多くの人々が説明を求めたが、王城は一切を断っている。

その理由は単純だ。

「ねぇ、今日も五人だけなの？」

「はい。私のほうで順次ご案内しております」

「私なら大丈夫よ？　もっと人数を増やしてくれても」

「それはなりません。姫様のお身体に何かあれば、私が陛下に顔向けできませんので」

と言いながら、アルフレッド伯爵はこう思っている。

無茶を言わないでほしいな。

この部屋でなくては聖女らしい力を見せつけられないのだ。

一日に何件も入れられては、装置の準備が間に合わん。

はぁ……本当は聖女の力など持っていないのに、姫様はお気楽なものだ。

そう、全ては伯爵が準備した装置による力。

この部屋は、聖女の力を模擬した治療装置を内蔵し、彼女の祈りに合わせて発動するように仕組んである。

大量の魔力を消費してしまうから、一日に五回の使用が限度。

その事実を知っているのは、伯爵を含む一部の貴族のみ。

当然、本人であるユリア姫も知らない。

自分が本物の聖女だと、今でも信じ切っている。

そこを利用して、伯爵たちは王家の権力を高め、自分たちの利益につなげようとしていた。

僅かな綻びはあるものの、この一か月間はおおむね順調。

寄付と称して住民からお金をもらい、偽の聖女を本物に見せかけ続けた。

だが、その僅かな綻びを切っ掛けに、彼らの計画は大きく崩れる。


「聖女様！」

「お願いします！　出てきてください！」

「娘が……娘を助けてぇ！」

それは突然の出来事だった。

王都の街で、謎の重病が蔓延してしまい、感染した者の家族や友人たちが王城へ押し寄せた。

伝染病と思われるそれは、一度誰かと接触すれば伝染《うつ》ってしまうほど感染力が強い。

加えて高熱と吐き気、身体の中心部から黒い模様が広がり、全身を覆った時に命が終わる。

医者たちも初めて見る病気だったらしく、有効な治療法はない。

こういう時はいつも、聖女の力だけが唯一の希望となる。

しかし、その聖女は偽りだ。

事実を知らぬ者たちが、藁にも縋る思いで集まる。

「なりません姫様！　大衆の前にお姿を現すなど」

「何を言っているの？　今こそ聖女である私の出番でしょう？　それなのに、どうして急に部屋も閉じてしまうの？」

「そ、それは……」

無論、新たな病に対応する装置がないからである。

もしも一人でも入れてしまえば、彼女に聖女の力がないことが露見する。

そうならないために、伯爵は一時的にユリアとの謁見を中止した。

仕方がないとはいえ、明らかに不自然な処置に、ユリア本人が抗議している。

加えて国王も疑問を感じ、伯爵を呼びつけていた。

「どういうことだ？　なぜユリアを部屋に閉じ込める？」

「それは姫様の身を第一に考え――」

「聖女は病にかからぬ。その心配は不要のはずだろう？」

質問責めにあう伯爵。

その後、彼と王国がどうなったのだろうか。

第三章　新しい生活

大きい木がたくさん見える。

空が閉ざされて、暗い森の中に一人。

逃げてきた。

いろんなものから逃げて、逃げて逃げて……いつの間にか知らない場所にたどり着いた。

もう二度と戻れないと知っている。

全部わかって駆け抜けたはずだった。

だけど、覚悟なんて言葉では簡単に言えて、まったく決まっていなかったと知る。

仕方がないじゃないか？

だってまだ子供で、現実を知るには早すぎるんだ。

「もう……いいや」

一気に押し寄せてきた虚無感に、俺は仰向けになって転がる。

何かを求めたわけじゃない。

今さらどうなったって構わない。

投げやりな気持ちになって、俺は瞼を閉じた。

そんな俺に――

「大丈夫？」

一人の女の子が声をかけてくれた。

黄金の髪と青い瞳。

幻想的で、俺が知っている誰とも違う雰囲気を感じる。

どうして森の中にいるのか、とか。

そんなことは脳裏によぎる余裕もなく、俺は彼女に見惚《みと》れていた。

「怪我《けが》しているの？　待ってて、私が治してあげるから」

「え、治せるの？」

「ええ！　私には神様がついてるもの」

そう言って、女の子は両手を組んで祈りを捧げた。

淡い光が俺を包み込む。

暖かい。

こんなにも安らかな気分になれたのは、生まれて初めてかもしれない。

それくらい心地よくて、すぐに眠ってしまえそうだった。

「はい！　これでもう痛くないわ」

「ありが……とう。君は誰？　もしかして天使……なの？」

「天使？　私はフレメア！」

彼女はそう言って微笑んだ。

その笑顔が眩しくて、俺は一生忘れられない。

だから――

◇◇◇

「うぅ……もう朝か」

懐かしい夢を見た気がする。

俺は時計を確認して起き上がり、服を着替えて支度をする。

先にキッチンへ降りて、朝食の準備をしよう。

それから聖女様を起こしにいかないとな。

「よし、今日も頑張ろうか」

自分に言い聞かせて気合を入れる。

日課になりつつある掛け声の後で、俺は朝食を用意した。

そろそろ聖女様を起こす時間だ。

朝食をテーブルに並べたら、二階にある聖女様の寝室へ足を運ぶ。

コンコン。

ノックをしても、聖女様は起きない。

昔から朝は苦手なご様子だ。

「入りますよ」

返事はなかったけど、俺は部屋の扉を開けた。

ベッドへ近づくと、聖女様が気持ちよさそうに眠っている。

この寝顔を見ていると、起こすことへの罪悪感をぬぐえない。

だけど、ここは心を鬼にする。

「聖女様、もう朝ですよ」

「う……今日はお休みの日でしょ？」

「そうですが、朝はしっかり起きて食べましょう。私も朝食が済んだら出かけますので」

「わかったわ……ふぁ～」

聖女様は可愛らしい欠伸《あくび》をした。

さっきも言っていたが、今日は教会を開けない日だ。

七日に一回くらいのペースで、そういう日を設けている。

さすがの聖女様も、毎日は大変だろうから。

「今日はあっちのお仕事？」

「はい。食べ終わったら出発しますので」

「わかってるわ、私は留守番ね」

「そう拗ねないでください。危険なお仕事なんですから」

休みの日に、俺は別の仕事をしている。

その間、聖女様には教会で留守番をしてもらっているのだが……。

一緒に行きたそうにこちらを見ている。

でも、これはばっかりは仕方がない。

なぜなら、俺の仕事というのは……。

「では、冒険者組合に行ってきます」

「ええ、なるべく早く帰ってきてくれると嬉しいわ」

「善処します」


冒険者組合。

魔物の討伐や、素材の採取など、様々な依頼をこなす何でも屋。

俺は教会の休みを使って、冒険者として活動している。

組合は街の中心にある大きな木造建築。

扉を開けるとベルが鳴って、何人かがこちらを向く。

「おっ、来たか！」

「おはよう皆。待たせたかな？」

「大丈夫よ。私たちもさっき来た所だから」

「むしろ丁度いい」

「だな！　そんじゃ今日も行きますか」

俺のことを待っていた三人は、この街に来て知り合った冒険者の同僚だ。

巨体で大きな剣を背中に装備している男が戦士のマッシュ。

薄緑色の髪が特徴的な弓使いのセシリー。

青紫色の髪をローブのフードで隠している魔法使いのルナ。

三人と同じパーティーを組んで、一緒に依頼をこなしている。

「さーて、今日は何を受けようかね～」

「一番羽振りの良いのを頼むよ」

「ロランはいっつもそれだな。そんなに金がいるのか？」

「ああ。聖女様に不自由をかけたくないからな」

俺がそう言うと、セシリーが呆れたように笑う。

「ホントに聖女様のことしか考えてないわよね。ロランって」

「一筋、一途……乙女みたい」

「そ、そんなことないと思うけど？」

ルナは首を横に振った。

三人にはそんな風に見えているのか。

あまり意識したつもりはないけど、ちょっと恥ずかしいな。

「冒険者になったのも聖女様のためなんだろ?」

「ああ、俺にとってそれが全てだから」

「凄い忠誠心ね」

「騎士みたい」

「ははは、あながち間違ってないよ」

俺は聖女様を守り続けると誓った。

幼き日に誓いを立て、七年前に再び出会い、半年前に決意をより固くして今日を迎えている。

聖女様を守るためなら、俺は何だってしよう。

たとえ俺が、聖女様に忌み嫌われる存在になろうとも。

◇◇◇

教会はとても広い。

王都の教会と比べれば小さいほうだけど、二人で暮らすには広すぎるくらい。

ロランが冒険者のお仕事中は、私一人でお留守番。

彼がいないというだけで、この家がいつもの何倍も広く感じられる。

それから……、

「暇だわ」

いつもならこの時間は、教会の祭壇に立って街の人の悩みを聞いたりしている。
それが聖女である私の役割で、私にしか出来ないこと。
王都を出ても変わらない、私だけが立てる場所。
ただ、それも毎日じゃない。
毎日続けるには体力が足りないからと、七日に一日くらいのペースで休みがある。
今日はちょうどお休みで、何もやることがない。
「ロラン……早く帰って来ないかしら」
とか言いつつ時計を見ると、出発して一時間も経っていなかった。
自分でも呆れるほど、一人の退屈さに負けている。
ロランは普段から帰りは早い方で、夕方には家に戻ってきてくれるけど……、
「あと……八時間？」
無理ね。
絶対に耐えられないわ。
そもそも今でも退屈で死んでしまいそうなのよ。
八時間なんて絶対に無理だわ。
「仕方ないわね、こういうときは――」
寝るのが一番よ。
私は一直線に寝室へ向かい、ベッドに飛び込んだ。

ロランがいたら叱られるとわかっている。
けど、今はいないし、誰かに文句を言われることもない。
やることがないなら、寝て時間を過ごすのが賢いわ。
「昼に起きましょう」
ロランがお昼ご飯を準備してくれている。
昼に起きてそれを食べて、また退屈だったら眠れば良いわ。
今日は休みだもの。
何をしていたって大丈夫ね。
しばらく時間が経ち、太陽の位置が変わって差し込む日差しの量も変化した。
風も強くなってきた様子で、窓をガタガタと揺らす。
その音で目が覚めた私は、時計を見て唖然とする。
「ね、寝過ごしたわ……」
時計の針は午後三時を指していた。
私の予定では、正午くらいに起きるつもりだったのに。
気付けば三時間も過ぎている。
ぐぅ～。
焦った私とは裏腹に、お腹は正直に音を鳴らす。
お昼ご飯をまだ食べていない。

ロランが作ってくれている昼食があるはず。
それを思い出して、私は一階の食堂へ足を運んだ。
テーブルの上には、木の蓋で覆われた皿がある。
「いただき――」
食べようとして、途中で気付く。
これはとても良くないわ。
今の時間は午後三時。
ロランが帰ってくるのは六時くらいで、夕食はその後だけど。
今これを食べたら、お腹が一杯になって夕食が食べられないかも。
それは駄目よ。
ロランのご飯を残すなんて、私にはありえないことだわ。
「で、でも……これを残すのもなしよね」
残せば夕飯は確実に食べられる。
だけど、残した昼食はどうするの？
まさか捨てるなんてないわ。
食べなかったと残しても、普段の私を知っている彼なら怪しむに違いない。
きっと昼寝をし過ぎたことがバレるわ。
「それもダメ、絶対に」

休みだからってダラケていることを、ロランはよく思っていない。
王都にいる頃からそうだった。
半日以上寝ていたなんて知れたら、きっと怒られる。
ロランは怒ると怖いのよ。
「そうだわ！　食べて運動すればお腹も減るはず！」
名案だわ。
身体を鍛えたほうがいいってロランも言っていたし一石二鳥よ。
もしかしたら、逆に褒められるかも。
そんな風に思った私は、昼食をさっと平らげた。
それから部屋に戻って、ベッドに寝転がる。
昼寝の続きじゃないわ。
確かこうやって、ロランが訓練でやっていたのよね。
「えーっと、こんな感じかしら？」
ロランは腹筋って言っていたわね。
寝転がってから、手を頭の後ろで組んで、身体を起こす。
これなら簡単そうだし、私でも出来るわね。
と、思ったのは一瞬だった。
「ふんっ……ぷはー！」

全く起き上がれない。
一回すらまともに出来なくて、だらっとベッドに寝そべったまま。
凄いわね、ロランは……。
これを毎日百回とか二百回やっているのよ。
私には一生かけても一回が限界だわ。
せめて一回くらいは成功させて――
「ふんっ！　ふーんふっ！」
駄目ね。
さっきより身体が重くなってきたわ。
でも何だか運動できている気分だし、これでもいいのかしら。
それにちょっと疲れてきて、眠気が……。
「聖女様ー、ただいま戻りましたー」
「……はっ！」
私はベッドから飛び起きた。
不覚にもまた眠ってしまっていたようね。
今のはロランの声。
もう帰って来たの？
時計を確認すると、午後六時を回っていた。

ロランがいつも帰ってくる時間。

下へ降りると、食材を取り出してキッチンにいる。

「お帰りなさい」

「はい。今から夕食の準備をしますので、少々お待ちください」

「わ、わかったわ」

だ、大丈夫よきっと。

少しは私だって運動？　できたし、食べる頃にはお腹も――

「準備できましたよ」

「え、ええ……」

全然減っていない。

むしろ見ているだけでお腹いっぱいだわ。

いつもより量も多いじゃない。

「帰りにいくつかおすそ分けを頂いたので、今日はちょっと豪勢ですよ」

「そ、そうみたいね」

「さぁいただきましょう」

「ええ……いただきます」

食べようとして手が止まる。

怪しまれるし、食べなきゃだめだとわかっているのに、身体がそれを拒否している。

「聖女様？」

「……な、なんでもないわ」

ロランはじっと私を見つめてくる。

疑われているわ。

気付かれる前に食べなきゃ。

「聖女様、もしかしてですが――」

ギクッと反応する身体。

私は恐る恐るロランと目を合わせる。

すると、ロランは饒舌《じょうぜつ》に語る。

「やることがなくて暇だから昼寝して、昼に起きようと思ったけど寝過ごして、昼ご飯を遅めに食べたからお腹が一杯とか……じゃないですよね」

「ぷっ、なんでわかるの！」

ほとんど正解じゃない。

訓練のくだりがあったら完璧だったわよ。

「それはもちろん聖女様のことですので。というか、一日中寝ていたんですね？」

「……はい」

この後、私が怒られたのは言うまでもない。

内容とロランの怖さは、想像にお任せするわ。

第四章　冒険者のお仕事

自分が相手をどう思っているのか。

相手が自分のことをどう思っているのか。

それを考えて日々を過ごしていると、頭がクラクラしてくる。

善意、悪意、誠意、失意、敬意……世の中には、視線に込められる感情が多すぎる。

いつ頃からだろう？

深く考えると疲れるから、俺は極力無関心でいたいと思う。

組合で依頼を選んだあと、俺はパーティーの仲間たちと一緒に、街の近くにある広い森に入っていた。

この森には、隣町まで繋がっている街道がある。荷物の運搬や、人の行き来に使われる大切な道で、比較的安全だからと皆が使っている。

ただし、まったく危険がないわけでもなかった。森という広大な自然は豊かな命を育む。その中には当然、凶暴な動物や魔物も含まれている。

「グローベアか。最近はあんまり見なくなったんだけどな〜」

「もうすぐ寒くなるから、今のうちに食料を集めようって躍起になってるのよ」

「冬ごもりの準備？」

ルナがそう言って首を傾げる。俺はそれにこくりと頷いて返す。

グローベアは巨大なクマの魔物。強靱な爪を持ち、岩すら砕く怪力を持っている。見た目が三メートルを超える特大サイズの熊なだけあって、その食欲は計り知れない。大きな身体を維持するためには、相応以上の食料がいる。

冬になり、食料が枯渇する前に、たくさん食べておきたいのだろう。

「魔物も必死なんだよ」

「だな！　でもだからって、オレたちの生活まで脅かされちゃ困る」

「ああ。グローベアには悪いけど、大人しく森の奥へ帰ってもらおう」

「帰ってもらったらダメでしょ？　私たちの依頼は、グローベアの討伐よ？」

「……そうだったね」

俺が答えると、セシリーは訝しむような目で俺をじーっと見つめる。その視線が気になって、俺は彼女に尋ねる。

「な、何？」

「ロランって時々、魔物にも優しさを見せるわよね」

「え？　そ、そう？」

「わたしも気になってた」

「え……」

ルナまでそういうのか。これは気を付けないといけないな。

「気のせいだよ。魔物は人間にとって敵だからな」

「……そう？　まっ、貴方が優しくするのは、あの子だけだもんね」

「違いねーな！」

「からかうなよ……」

すでに森の中で、いつ襲われてもおかしくない場所だというのに、緊張感のない会話をしていた。

すると、ガサガサと何かが蠢《うごめ》く音が聞こえてくる。

「おいロラン、今の音」

「ああ。ルナ」

「もう感知してる」

ルナは魔法で、周囲の状況を探る。目を瞑《つむ》り、意識を集中させていた。

数秒じっと待って、ルナが目を開ける。

「いる。ここから左に二匹」

「こっちに気付いてそうか？」

「たぶん気付いてる。まっすぐこっちへ来てるから」

「なるほど。んじゃ、ここで迎え撃つか？」

マッシュが背中の大剣に手を伸ばし、ニヤッと不敵な笑みを浮かべる。

「そうだな」

「よっしゃ！」

俺も剣を抜き、セシリーは弓を、ルナは杖を構える。

ガサゴソ――音が近づき、僅かに地面から振動も伝わる。近付いていることが、目に見えなくてもわかるようになった。

そして、木々をかき分けグローベアが姿を現す。

「思ったよりでかいな」

「俺は右をやる」

「ならオレは左だな！　ルナはオレの援護頼むぜ！　セシリーはロランのほう頼むわ」

「わかった」

「了解したわ」

役割分担も簡単に済ませて、俺とマッシュが先陣を切る。

グローベアは図体のわりに動きが素早い。不用意に近づきすぎると、思わぬ速度の攻撃を食らうこともある。もっとも、俺やマッシュには関係ない話だが。

「うおっと！　そんなもんくらうかよ！」

マッシュは大剣を振りかざし、グローベアの腹を斬りつける。グローベアはたまらず後ろへ下がろうとするが、木の根が地中から伸び、うねうねと絡まって動きを止める。

「逃げないで」

「ナイス拘束！　ルナ」

木の根を振り解こうとするグローベアを、根が絡まった箇所から凍らせていく。まったく動けなくなったところに、マッシュの大剣が振り下ろされる。

「おっし！　そっちはどうだ？」

「大丈夫、もう終わる」

マッシュとルナが華麗な連係で一匹を倒した。

俺とセシリーもそれに続く。セシリーの矢は、的確にグローベアの急所を狙っている。すでに片目を潰して、潰れた方は死角になっている。

動きも単調になっているから、躱《かわ》すことは簡単だ。

「もう援護はいらないわよね？」

「ああ」

俺はグローベアの攻撃をひらりと躱しながら、懐に潜り込み、喉元へ視線を向ける。

「ごめんな」

目にも留まらぬ一閃が、グローベアの首を跳ね飛ばす。

「今日の依頼はこれで完了か？」

「ああ、バッチリだぜ」

俺は剣を鞘に納める。

一緒にパーティーを組んでくれる三人のお陰で、依頼もスムーズに終わる。

今日も時間通りに帰宅出来そうだ。

「なぁロラン！　偶《たま》にはぱーっと飲みにいかねーか？」

「悪いなマッシュ。早く帰らないと」

「まーた聖女様か？　お前はホントにそればっかだな」

マッシュは呆れた表情をしている。

彼らには助けられているし、誘いを断るのは申し訳ない。

でも、俺にとっての優先順位はいつだって聖女様が一番だから。

「すまないな」

「ふぅ、まぁいいや。いつか絶対飲みにつれてくからな！　どっかで時間空けとけよ」

「ああ、何とかするよ」

マッシュは渋々ながら納得してくれた様子だ。

俺は先に帰るための準備を始める。

すると、セシリーが何気ない感じで尋ねてくる。

「ねぇロラン、貴方ってあの娘《こ》のどこが好きなの？」

「えっ、な、何だよ急に」

「何となく？　気になったから聞いてみたんだけど。やっぱり顔かしら？　それとも保護欲かりたてる感じ？」

「それわたしも気になる」

ルナも話に入ってきた。

俺は慌てて誤解を解くために言う。

「ちょっ、ちょっと待ってくれ。俺は別にそういう不純な気持ちで傍にいるわけじゃ」

「不純って何よ。人を好きになることが不純なわけないでしょ」

「そ、それは……」

セシリーの言葉は正論だ。

返す言葉もなく、俺はしばらく黙り込む。

「みんなにはそう見えるか？」

「丸わかりよ」

「うん、わかりやすい」

「そ、そうなのか……」

恥ずかしいな。

こんなにも羞恥を感じたのは、人生で二度目か。

「たぶんマッシュは気付いてないと思うけどね」

「ん？　何か言ったか？」

「何でもないわ」

マッシュは俺以上に無頓着だからな。

そこが良い所でもあるんだけど、この場合は一人だけ話に入れていない。

今は好都合だけど、ちょっと可哀想だ。

「で、どこがいいの？」

「そ、それを聞いて二人に得はあるのか？」

「あるわよ。面白いじゃない」

ルナがうんうんと頷いている。

結局は面白さなのか。

どちらにしろ誤魔化せそうにないので、俺は腹をくくった。

大きく長いため息の後、聖女様のことを思い浮かべる。

「全――」

「先に言うけど全部はなしよ」

「うっ……」

「当然でしょ？　もっと具体的に知りたいのよ」

唯一の逃げ道もなくなった。

本当の本当に腹を括るしかないらしい。

と思っていたら……、

「お前ら何やってんだ？　もう組合についたぞ」

「え、あ」

知らぬ間に組合の建物前にたどり着いていた。

歩きながら話していたお陰だ。

これを上手く利用して切り抜けるとしよう。

「さ、先に依頼の報告を済ませないか？」

「ほら行くぞ～」

良い感じにマッシュが先導してくれて、俺たちは建物の中に入れた。

そのまま流れに任せて依頼の報告を済ませて、隙を突くように抜け出す。

「聖女様が待ってるからいくよ。じゃあまた！」

「おう」

「ちょっと話が終わってないわよ！」

「また今度話すからー」

と言いながら俺は去っていく。

残った三人が何かを話していたようだけど、俺には聞こえない。

たぶん、マッシュが責められているんだろうな。

「逃げられたわね……」

「何か話してたのか？」

「マッシュの所為」

「えぇ!?」

すまないマッシュ。

いつか必ず飲みに行こう。

そう思いながら、俺は教会へと逃げ戻った。

しかし驚かされたよ。

俺ってそんなにわかりやすかったんだな。

◇◇◇

昨日は休みだった。

ちょっと運動するつもりで横になったら、気づけば夕方になっていて、またロランに怒られてしまったわ。

だけど何でかしら?

いつもより優しかったというか、怒り方に力がなかった気がするわね。

疲れていたのかもしれないわ。

「今日も一日頑張りましょう」

「ええ」

「昨日はゆっくりお休みになられたようですしね」

「うっ……そ、そうね」

やっぱり気の所為かしら。

いつも通りのロランだわ。

ガランと扉が開く。

一人目のお客さんかと思って、私とロランはピシッと背筋を伸ばす。

「おはよう、二人とも」

「セシリー！」

お客さんかと思ったら、ロランの冒険者仲間のセシリーだった。

「久しぶりねフレメア、元気？」

「ええ、私はいつも元気よ」

「ふふっ、それは良かったわ」

セシリーは、この街で出来た私の友達よ。

最初に出会ったのは、彼女たちのパーティーが依頼で魔物と戦っているときだったわ。

苦戦しているみたいで、ロランが助けに入ったの。

それがきっかけでロランは冒険者になって、私もセシリーと知り合えたわ。

ルナとも仲が良いのよ。

この街に来て、ロラン以外で初めて気楽に話せる人が出来てとても嬉しかったのを覚えている。

「今日はお休みなの？」

「ええ、ちょっとそこの男に用があってね」

「ロランに？」

チラッとロランに目を向ける。

すると、明らかに不自然な反応を見せて、目を逸らした。

「昨日の続きを聞きに来たわよ」

「な、何のことかな？」

「とぼけるつもり？　それならここで話してもいいけど」

「ちょっ、あーそうだ！　昨日買い忘れた物があったんだ！　すまないが聖女様と一緒に留守番していてくれ」

「はっ？　ちょっと待ちな——」

「じゃあ行ってくる！　聖女様もしっかりお務めを果たしてくださいね」

ロランは一目散に教会を出て行ってしまった。

何だったんだろう。

あんなに慌てているロランは初めて見たわ。

ちょっと可愛かったわね。

「はぁ……また逃げられたわね」

「何の話だったの？」

「う〜ん、それはまだ内緒」

「えぇー、気になるじゃない」

「駄目よ。ここで教えたらつまらないわ」

セシリーは意味深なセリフの後でニヤッと笑った。

きっと私に関係することだと察しが付く。

聞きたいけど、セシリーは口が堅いし、簡単には教えてくれそうにないわね。

「まぁ良いわ。ロランが帰るまで、私が話し相手になってあげる」

「ええ」

それから二人で仲良く話をした。

私は王都での出来事を、簡単にだけど彼女には話している。

最初は言うつもりもなかったけど、以前に自然な流れでぽろっともらしてしまったの。

セシリーはお姉さんって感じで、話していて落ち着くから、きっと無意識に気をゆるしてしまったんだと思う。

「そういえばさ。フレメアって婚約者がいたのよね」

「ええ、もう破棄されてしまったけどね」

「王子様だったんでしょ？　何事もなかったら結婚するつもりだったの？」

「そうなっていたと思うわ」

まぁ実際は、何事が起こってしまったし。

全部なかったことになったのだけどね。

思い出したら嫌な気分になったわ。

特に最後のセリフは、優しい彼からは想像できないほど冷たかったもの。

「ねえ、フレメア」

「何かしら？」

「フレメアは王子様が好きだったの？　嫌いではなかったと思うわ」

「う〜ん、どうなのかしら。嫌いではなかったと思うわ」

でも、好きだったのか聞かれると答えるのが難しい。

そもそも恋愛感情の好きが、私には曖昧でわからない。

「やさしい人だったわね。容姿も中身も完璧で、まさに王子様って感じ。普通の女の子なら憧れるわね」

「その言い方だと、フレメアは違ったみたいね」

「別に違わないわ。惹かれるものは確かにあったと思うの。だけど、今となってはわからないわ」

それくらい最後の言葉は強烈だったみたい。

今では顔を思い浮かべても、嫌な気分になるだけ。

「そう……嫌なこと聞いちゃったわね」

「別に良いわ」

セシリーは申し訳なさそうな表情をしていた。

と思ったら、すぐに戻って尋ねてくる。

「だったらさ。フレメアはどんな人が好み？」

「え……好みって男性の？」

「今の話の流れでそれ以外に何があるのよ」

「そ、そうよね……」

急に聞かれると困るわ。

あんまり男性の好みなんて考えたこともないし。

でも、思い浮かべてみると簡単かも。

「そうね。第一に私のことを一番に考えてくれる人が良いわ」

「うんうん、それで他には？」

「優しくて、強くて、皆からも好かれているような人だとベストね。見た目もやっぱり重要だわ。私より背が高いといいわね」

「ふぅ〜ん」

「それから、一緒にいて退屈しない人。ずっと傍にいても、それが当たり前みたいになれたら……」

毎日がきっと楽しい。

そう思える人が、私の理想の男性像だと思う。

「まぁそんな完璧な人がいるわけないのだけど」

「えっ、そこまで来てて？」

「ん？　何が？」

「……本気で気付いてないのね」

セシリーは呆れて大きなため息をこぼす。

私は表情の理由がわからなくて、キョトンと首を傾げる。

「まだまだ先は長そうだわ」

「何の話よ」

「いつかわかるわ」

第五章　流行病のち流星群

クラリカ王国には四季というものが存在する。

四つの季節に分かれ、それが一定の期間を経て循環している。

「さ、寒いわね」

「そうですね、急に冷え込んできたようです」

十日前まで過ごしやすい気温だったけど、今日はとても寒い。

部屋は暖炉に火をともしていないと、手足がかじかんでしまいそうだ。

窓ガラスが曇っていて、外との気温差がわかる。

「外へ出るときは着こんだ方がよさそうですね。気を抜くと風邪をひいてしまいますから」

「私は大丈夫よ？　聖女は風邪なんてひかないわ」

「え、あれって冗談じゃなかったんですか？」

「信じていなかったのね……」

聖女は癒しの加護を常に纏っている。

風邪とかの病にはかからないし、毒とか瘴気もすぐに浄化出来る。

現に私は、今の今まで病気になったことはないわ。眠くて身体がダルくなるのは許してほしいの。

「貴方のほうが心配よ」

「私も大丈夫ですよ。しっかり鍛えているので」

「身体が丈夫でも、強い病にはかかるわ」

「だとしても、聖女様が傍にいてくださるので心配はしていません」

ロランがそんな風に言うのは珍しい。

私のことを頼りにしてくれている。

そう思うと、嬉しくてつい口元が綻んでしまう。


日がさらに経過し、本格的な寒さがやってきた。

空からは白い雪が降ってきて、街を彩っている。

「これが雪！　真っ白で綺麗だわ」

「本当ですね。まるで街が化粧をしているみたいだ」

雪というものを初めて見た。

聞いていた以上に綺麗で、とても冷たくて驚かされる。

何より驚くのは、一晩で真っ白く積もっていること。

昨日の夜、寝る前には降っていなかったのに。

「しかしどうしましょうか。今日は買い出しに行こうと思っていたのですが」

「良いじゃない。せっかくだし出てみましょう」

「うん……まぁ、足元に気を付ければ大丈夫ですか」

ロランも初めての雪に興味があるみたい。

普段なら駄目だって言うだろうに、今日はすんなり許してくれたのが証拠ね。

それから私たちは、買い出しへ行くために教会を出た。

外はとっても寒くて、肌にあたる風が痛いくらいに冷たい。

雪は踏みしめるとフカフカで、誰かが通った場所は固まって滑りやすい。

気を付けて、雪の感触を楽しみながら歩く。

「雪って素敵ね！　何だか歩いているだけで楽しいわ」

「あまりはしゃぎ過ぎると転びますよ」

「その時はロランが受け止めて」

「まったく、調子の良いことを言いますね」

私たちは商店街へ足を運んだ。

すると、すぐに違和感に気付く。

「何だか活気がないわね」

「そうですね」

露店の数も少ない。

時期的に野菜も少ないから閉まっているのかしら？

それにしても、人通りが少なすぎる。

ちょっと前までは多かったはずなのに。

「何かあったのかもしれないわね」

「はい。あそこの人に聞いてみましょうか」

店を営業している人もいた。

私とロランは一人の男性を見つけ、近寄って声をかける。

「あの、少しよろしいですか？」

「ん？　ああ、先生と聖女様じゃないですか」

「あ、お肉屋の」

顔が隠れるくらいのモコモコ服でわからなかったけど、その男性は知り合いだった。

お肉屋さんをしているおじさんだ。

よくコロッケをくれたりする気前の良い人だけど、今日はあまり元気がない。

私たちは彼に事情を尋ねてみた。

「いや～、毎年この時期になると、質《たち》の悪い病が流行《はや》るんですよ」

「病？　一体どんな？」

「症状は普通の風邪を強くした感じなんですけどね？　これがすぐ他人に伝染るんですよ。だから
あんまり外を歩かないほうがいいってもんで」

なるほど。

私とロランは理解した。

街に活気がないのは、その流行病を予防するためみたい。

街には老人や子供も多い。

その病にかかると、最悪の場合は亡くなってしまうそうだ。

おじさんも商売あがったりだと嘆いていた。

「仕方ないんですよ。この街には医者もいないですからね」

「……ねぇロラン」

「わかりました」

「まだ何も言ってないわよ？」

「聖女様のことですので」

そう言ってロランは微笑む。

私が何を考え、何をしたいのか理解してくれているようだった。

さすが七年以上も騎士をやっているだけはあるわね。

「じゃあ任せていい？」

「はい。聖女様は教会で待っていてください」

「ええ」

私は先に教会へ戻り、ロランは街の民家を巡る。

しばらく経って、教会にたくさんの人たちが集まった。

病が流行している中で集まるのは危険だが、ロランが上手く説明してくれたみたい。

「皆さんお集まりです」

「ええ、それではさっそく始めましょう」

集まっているのは、流行病にかかっている人と、その疑いのある人たち。

医者がいない街では、民間療法が基本となる。

だから、こういう難しい病気には、大きな街での治療に頼るしかない。

「主よ——我が同胞に救いを」

ただし、それも以前までの話。

私がこの街にいる以上、病なんてものは残しておかないわ。

「身体が軽く……」

「熱も引いていいるわ！」

聖女の力は病を治癒させられる。

流行病だろうと、私がいれば大丈夫。

「これで街に活気が戻るわね」

「はい。さすが、聖女様ですね」

たくさんの人に感謝される。

心地良い言葉をもらって、お礼だと様々な物を貰う。

貰いすぎてしまったわ。

当分は買い物にいかなくてもよさそうね。

◇◇◇

外は雨が降っている。

寒さが強くなる中、時折おとずれる陽気も、雲に隠れてしまえば見えはしない。

日差しが恋しい季節もある。

どんよりとした空を見ていると、気分まで落ち込んでしまう。

だから、私はあまり雨が好きじゃない。

「かなり強く降っているわね」

「ええ。当分は止みそうにありませんね」

教会から窓の外を見つめる。

土砂降りの雨が朝から続いて、今日はめっきり人も来ない。

忙しいのも嫌だけど、暇で退屈な時間も嫌だわ。

「今日はこのまま誰も来ないのかしら」

「さぁ、どうでしょう？　急を要する相談であれば、雨でも構わず来ると思いますが」

「そうそうないわよ。特にこの街じゃ」

「ですね。まぁ偶には良いではないですか。こうしてのんびり過ごすというのも」

ロランはニコリと微笑む。

のんびりなんて言っているけど、彼はずっと立ったまま。

私だけ椅子に座っている。

「貴方も座ったら？　立っているのも大変でしょう」

「いえ、私はこのままで構いません。もしかしたら、誰かいらっしゃるかもしれませんから」

ロランはそう言っているけど、この雨じゃ誰も来ないわ。

そう思っていると――

ガラン。

教会の扉が開く音が聞こえた。

外の雨音も激しく聞こえて、私とロランは振り向く。

そこに立っていたのは、雨合羽を着た少年だった。

「聖女様こんにちは！」

「こんにちは」

少年は普通にあいさつをしてきた。

中へ入って来たのは彼一人。

他に大人の姿もない。

私は少年には聞こえないように小さな声で、ロランに話しかける。

「この雨の中を子供が一人で？」

「そのようですね」

「何かあったのかしら」

「さて……見た所、深刻そうな表情もしていませんね」

少年は雨合羽を脱ぎ、丁寧に畳んで袋にしまう。

ロランの言う通り、少年の表情は穏やかで落ち着いている。

何かよくないことがあったりとか、逃げてきたとかではなさそう。

一先《ひとま》ず私たちは、少年に近づく。

それからロランが話しかける。

「君は一人で来たのかい？」

「は、はい！」

「何か困ったことでもあったのかな？」

「あの……僕、聖女様にお願いがあって来たんです」

少年とロランの視線が私に向けられる。

私は少年に尋ねる。

「何でしょう？」

「えっと……」

少年はカバンをあさり始めた。

そこから一冊の本を取り出し、ページをめくって私に見せる。

「これを見てください！」

「これは……たくさんの流れ星？」

「そうです！　これが今日の夜、この街で見られるんです！」

彼が見せてくれたページには夜空が広がっていた。

そこに何本もの光が流れ落ちていく様が描かれている。

とても綺麗な絵で、思わず見惚れてしまいそう。

説明文も書かれている。

「流星群というものですね」

「はい！　牧師様は見たことがあるんですか？」

「いえ。前に友人から聞いたんです。この街では毎年寒い時期に一度、夜空にたくさんの流れ星が降る日があると」

ロランが確認して、簡単に教えてくれた。

それは雪降る寒い時期にしか見られない。

街の人々は流れ星に手を合わせて祈り、翌年の幸福を祈願するらしい。

「去年もお母さんと一緒に見て、来年も見ようねって約束したんです。でも……」

外はどしゃぶりの雨。

止む気配は一向になく、空は雲で覆われている。

このまま夜になれば、今年の流星群は見られない。

それなら来年見れば良いとか、私は薄情なことを思ってしまった。

だけど、少年から詳しく話を聞くと……。

「引っ越しを？」

「はい。暖かくなったらってお父さんが」

父親の仕事の都合で、寒さが和らいだころに引っ越しをするらしい。

つまり、流星群を見られるのは今年で最後になる。

だから少年は、教会に来て私に言う。

「聖女様！　雨を止ませてください！」

少年はまっすぐな目をしてそう言った。

詳しい事情はわからない。

彼の言葉や表情から、流星群を見ることに強い想いがこもっているのはわかる。

「わかりました」

「本当ですか！」

「ええ。だから、安心してご両親の待つ家に戻りなさい。きっと心配しているわ」

「はい！」

少年は駆けて教会を出ていった。

バタンと扉が閉まってから、ロランが私に言う。

「凄いですね。聖女様は天候も操作できるのですか」

「……ロラン」

「はい？」

「どうしよう。私、雨なんて止ませられないわ」

「えぇ……」

今までにない呆れ顔を見せるロラン。

対して私は焦りを露にして、あたふたしてその場で回る。

「出来ないのですか？」

「当たり前よ。そんなこと出来るわけないわ」

「では、なぜあんなことを？」

「だ、だって可哀想だったから……何とかしてあげたいと思って」

「要するに、勢い任せに言ってしまったのですね」

その通りだったので、私はこくりと頷いた。

天啓を受けた身として、嘘をつくなんてありえないこと。

私は聖女として失格だわ。

でも、何とかしてあの子の願いを叶えてあげたいとも思うの。

「ねぇロラン……何か良い方法はないのかしら？」

「そう言われましても」

そうよね。

出来ると言ったのは私なのだし、自分で考えなくては駄目よ。

そう思っても、雨を止ませる方法なんて知らないわ。

祈りだって万能じゃないの。

私に出来るのはせめて、神様にお祈りするくらいしか……。

「では祈りを捧げましょう。聖女様なら、案外本当に出来てしまうかもしれませんよ？」

「こ、こんな時に冗談はやめなさい」

「冗談ではありませんよ」

「えっ……本気で言っているの？」

「はい。どのみち人は来ませんし、聖女様は天への祈りに集中してください」

そう言って、ロランは外へ出ようとする。

「どこへ行くの？」

「少し出かけてきます。昨日買い忘れた物があったので」

こんな雨の中を？

と思ったけど、引き留める前にロランは出て行ってしまった。

「……と、とりあえず祈りましょう！」

私は祭壇に立って、空を仰ぐように祈りを捧げる。

ただ祈るだけだ。

神様にお願いして、止むことに期待する。
それくらいしか出来ない。
聞いた話だと、流れ星は願いを叶えてくれるらしい。
前倒しで私の願いを聞いてくれないかしら。
「お願い……止んで」
その時、一筋の光が走ったように見えた。
光は雲を切り裂くように伸びて、瞬きの間に消えてしまう。
その光は眩しくて、私は目を閉じてしまった。
次に目を開けると――
「嘘……本当に？」
雲が左右に動き出し、星空が顔を出し始めていた。

◇◇◇

全く、聖女様には困ったものだ。
出来もしないことをあっさりと引き受けて、後になってあたふたして。
聖女様らしいと言えばそうなのだけど。
少年はきっと、家に帰って両親にこう言っているだろう。

聖女様が雨を止ませてくれる！
聖女について知る者なら、それが嘘だと気づくかもしれない。
ただ、幸いなことにここは辺境の街で、聖女のことを知らぬ者が多い。
逆に言えば、簡単に信じてしまう。
噂として広まって、嘘だとバレてしまうとよくない。
また王都での二の舞になるのは御免だ。
何より、聖女様の善意を踏みにじりたくない。
「仕方ないな」
俺は空に右手をかざす。
やれやれ。これを使うのも久しぶりだし、上手く加減出来るだろうか。
雨を降らせているのは雲だ。
ならば、雲さえ退けてしまえば雨も止むはず。
「雷よ――走れ！」
巨大な魔法陣を展開させる。
そこから白い稲妻が伸びて、雲を切り裂くように走った。
雲は裂け、夜空が顔を出す。
「う～ん……思ったより威力が強すぎたな」
やはり久しぶりに使うとこうなるか。

雷を操る魔法は、かなり得意な方だったんだけどな。

魔力が鈍っている所為で制御が難しい。

最近は戦闘でも剣しか使っていないし、リハビリ目的で魔法も使うようにしなくては。

「さて、戻るか」

◇◇◇

今の光は何だったのかな？

私の祈りが通じたとか？

「……それはないわね」

あんな力は私にないし、ただ祈っただけだもの。

よくわからないけど、奇跡が起こったみたい。

これで、あの子もきっと喜ぶわ。

「ただいま戻りました」

「ロラン！　ねぇ見て！　空が晴れたわよ！」

「はい、私も驚きましたよ。まさか聖女様にあんな力があったとは」

「わ、私じゃないわ……たぶん」

知らない何かに助けられた。

一先ず私はそう思うようにしている。

それから時間は経って——

満天の星に、いくつもの流れ星が落ちる。

一つ、二つ、三つと連なっていく。

「これが流星群ですか」

「綺麗……」

初めて見る光景に、私もロランも目を奪われていた。

綺麗という言葉以上に出てこないのは、見ることに集中しているから。

一つでも見逃さないように、私たちは目を凝らす。

時間にしてわずか数分の出来事。

いつの間にか終わっていて、私たちは一息つく。

「あっ……願い事を忘れていたわね」

「そういう目的でしたね」

「まぁいいわ。私の願い事は前倒しで叶えてもらったし」

雨が止むという奇跡。

それ以上を望むと罰《ばち》が当たりそう。

「ロランは何かお願い事とかないの？」

「私ですか？」

「ええ。貴方ってあまり自分のことを言わないでしょ？　何かないのかなと思ったの」

「う～ん……そうですねぇ」

ロランは私をじっと見つめる。

そうしてニコリと微笑んで、流星群が終わった空を見上げる。

「私の場合は、常に叶っているので必要ありませんね」

ロランの言ったことに、私は首を傾げた。

どういう意味なのか聞いたけど、彼はハッキリとは答えない。

恥ずかしそうにはぐらかしてしまう。

その意味を知るのは、まだ先のお話。


流星群から二日明け、空は雨雲で覆われていた。

「また雨ね」

「この時期は何度か続くようですよ」

曇天の空を見つめながら、私は大きなため息をこぼす。

前にも言ったけど、私は雨が好きじゃない。

濡れるし、ジメジメするし、何より暗い。

「今日も暇そうね」

「ですね」

しばらく退屈な時間が続く。

雨はどんどん強くなって、窓に当たる音も激しくなる。

時間はちょうど正午を回ったところ。

この様子だと、午後も人は来なそうだわ。

「昼食の用意をしましょうか」

「そうね。お願いする――」

ニャーン。

可愛らしい鳴き声が聞こえた。

「今の声って」

「入り口のほうですね」

猫の声だ。

鳴き声が聞こえたほうへ歩き、私たちは玄関を開けてみる。

すると、そこには――

ニャオーン
真っ黒な猫がちょこんと座っていた。

赤い首輪をつけていて、つぶらな瞳でこちらを見つめてくる。

「可愛いわね、迷い猫かしら?」

「……そうでしょうね」

ニャオーン

「びしょびしょだわ。ロラン、タオルか何か持ってきてもらえる?」

「わかりました」

ロランは奥へ行き、タオルを持ってきてくれた。

それで濡れた身体を拭いてあげると、嬉しそうに身体を摺り寄せてくる。

「か、可愛い」

「……」

「ねぇロラン、この子ここで飼――」

「駄目です」

即答だった。

私が最後まで言い切っていないのに、ロランはハッキリとそう答えた。

「ど、どうしてよぉ」

「首輪が見えませんか? おそらく誰かの飼い猫です。飼い主の所へ戻してあげるのが良いでしょう」

「そ、それは……そうね」

悲しいけど正論だわ。

可愛さに目が眩《くら》んでいたみたいね。

「で、でも外は雨よ? 止むまではここにいても良いわよね?」

「……まぁそうですね」

「ありがとう、ロラン」

私は黒猫を抱きかかえる。

「少しの間だけど、よろしくね」

黒猫は優しく鳴く。

可愛らしい声にうっとりしながら、ロランに目を向ける。

なぜか彼は不機嫌そうにしていて、ちょっぴり怖かった。

それから、雨が止むまでの短い間、黒猫と一緒に遊んだ。

どしゃぶりが二日続いて、誰も教会に訪れなかったから、遊び相手がいるのは嬉しかった。

ロランも交ざれば良いのに、ずっと立って見守っていたわ。


楽しい時間はあっという間に過ぎてしまう。

気付けば空は晴れていて、日差しが暖かく大地を照らす。

「さぁ、飼い主を捜しに行きましょう」

「……そうね」

残念だけど、元の飼い主も心配しているはず。

楽しかった分だけ名残惜しさを感じながら、私は黒猫を抱いて教会を出た。

それからロランと二人で、街中をぐるっと回った。

街を歩く人に声をかけたり、お店の人に聞いてみたり。

半日くらいかけて、大体は聞き終わった。

「いないわね、飼い主」

「そうですね」

「残っているのは三軒くらいよ？　もしかしたら、この街じゃないのかも」

「だとしたら、捜しようがありませんね」

私たちは話しながら残った家を回った。

その道中で、私は疑問に思っていたことをロランに尋ねる。

「ロランって猫が苦手だったの？」

「えっ、なぜです？」

「だって避けてるじゃない。こんなに可愛いのに触ろうともしないし」

「別に嫌いというわけではありませんが……」

ロランは言葉を詰まらせた。

嫌いじゃないと言いながら、黒猫を見つめる目には温かさがない。

無関心というわけでもなさそうで、よくわからないわ。

そんな話をしていたら、気づけば最後の一軒の前に来ていた。

「すみません」

「はい？　あら先生、どうされたんですか？」

「実はこの猫の飼い主を捜していまして。心当たりはありませんか？」

「あら可愛い」

おばさんは黒猫を見てニコッと微笑んだ。

可愛い動物を見た時の反応は、やっぱり今の感じだわ。

ロランは変よ。

「ごめんなさい。私は知らないわね」

「そうですか……ありがとうございました」

これですべての家を回ったことになる。

誰も飼い主だとは名乗らなかったし、心当たりもない模様。

本当にこの街の猫ではないかもしれない。

「ねぇロラン」

「言わなくてもわかります」

「ちゃんと面倒はみるわ」

「聖女様がですか?」

「ええ。だからお願い、この子を教会で飼いましょう」

ロランは黙って私と黒猫とを見つめる。

飼い主はいなかったし、このまま捨てるのも良くないわ。

何より可愛いから、教会で一緒に暮らせると私が嬉しいの。

「お願い、ロラン」

「……はぁ、わかりましたよ」

「本当？」

「はい。そんな顔されたら断れません」

どんな顔をしていたのかしら。

鏡がないから自分ではわからないけど、お陰でロランが納得してくれたみたい。

「ありがとう、ロラン。じゃあさっそく名前をつけないとね」

「気が早いですね」

「必要でしょ？　でもどうしようかしら……急には思いつかないわね」

私が悩んでいると、ロランが言う。

「……なら、『チェシャ』でどうです？」

「チェシャ？」

「はい。他に案がないのならと」

「チェシャ……ええ、良いわね！」

この黒猫の名前は『チェシャ』よ。

どういう意味があるのかわからないけど、不思議とピッタリな気がするわ。

さすがロランね。

「よろしくね、チェシャ」

ニャーンと鳴いて返事をしてくれたみたい。

やっぱり可愛いわね。教会に来る人たちにも、きっと大人気になるはずよ。

第六章　チェシャ

雨は止み、夜空に星がきらめいている。
寒さを感じる風が吹き抜ける中、俺は教会の外に出た。
チリンチリンと鈴の音が聞こえる。
足元を見れば、一緒に出てきたチェシャがいた。
俺たちは教会を離れ、物陰に隠れるようにして立ち止まる。
そして――
「さて、説明してもらおうか？　チェシャ」
俺は彼女に問いかけた。
すると、チリンと鈴を一回鳴らして、チェシャが姿を変えていく。
黒猫のまま大きくなり、輪郭を変化させて、一匹から一人になる。
「お久しぶりっす！　若様」
黒髪に青い瞳。
猫の耳と尻尾をもつ人間の女の子。

チェシャの正体は猫又。

彼女は人間でもなければ、ただの黒猫でもない。

偶然と意思の掛け合わせによって誕生したこの世にたった一人の存在。

それがチェシャである。

「どうしてお前がここにいる？」

「若様……」

「チェシャ？」

「わかさまあああああああああ」

チェシャは突然泣き出し、俺の身体に抱き着いてきた。

俺は慌てて下がろうとしたけど、避けきれずに受け止める。

「ちょっ！」

「会いたかったすよ～。ずっと捜してたんすからねぇ？」

「おいチェシャ、離れろって」

「今までどこにいたんすかぁー。捜しても捜しても見つかんなくて、ウチ寂しくて死んじゃいそうだったんすよぉ」

「わかった！　わかったから一旦落ち着いてくれ！」

俺は彼女をひたすらになだめた。

結局落ち着くまでに三十分くらいかかって、よくわからない疲労感が身体に残る。

ようやく冷静に話が出来るようになった所で、改めて俺は彼女に問う。

「で、何でここにいるのか聞いていいか？」

「もちろん若様を捜してたんすよ！」

「……てっきり俺は、死んでることになってると思っていたんだがな」

「それで間違ってないっす。だけど、ウチは信じてたっすからね！　若様なら絶対に生きているって」

チェシャは笑顔で嬉しそうに言った。

俺はその笑顔を見て、申し訳ないような、嬉しいような絶妙な気持ちになる。

「そうか……いつから捜してたんだ？」

「最初からっす。若様がいなくなった次の日から、ウチも捜しに出たんすよ」

「てことは、十年以上……か」

「そうっすよ～。ホントに寂しかったっすよ」

◇◇◇

大切な人が、ある日突然いなくなってしまった。いきなりすぎて、チェシャも最初は信じられなかった。

どこを捜しても見つからない。いつも遊んでもらった広場を最初に確認して、彼が寝ていた部屋も見たけど、そこにはいなかった。

いなくなってしまったと理解して、チェシャは旅に出た。当てなんてない。いつ終わるかわからないような、途方もない旅に。

「若様……どこにいるんすか」

ただ、会いたい人がいる。世界のどこかにいるはずの彼を、チェシャは捜し求めた。

険しい山道を進んだり、凍てつくような極寒の地で震えたり。人間の大人でも音を上げてしまうような道のりを、ひたすらに歩いてきた。

人間の国や街はいろんな場所にあった。街に入ると人が一杯で、小さな身体で動き回ると、蹴飛ばされてしまいそうになる。右も左もわからないまま、チェシャは目を大きく開いて、懐かしい姿を捜した。

一年、二年……時は流れていく。きっと成長して、姿も変わっていることだろう。たとえ変わっていたとしても、自分なら見つけられるとチェシャは確信していた。

なぜなら、チェシャは彼のことが大好きだから。何よりも大切で、もう一度会えるなら、どんな辛いことも耐えられるほど。姿形がいくら変わっても、必ず見つけ出す。

そして――

チェシャは、ユーレアスの街にたどり着いた。

「若様……」

ここも人は多いけど、会いたい彼は見当たらない。

捜し始めてから、もう十年以上が経過していた。会いたいという想いだけを胸に秘め、今日まで頑張ってきたチェシャだったが、心はもう限界に近かった。

「どこにいるんすか……会いたいっすよ……若様ぁ」

十年経っても忘れることはない楽しい思い出が、チェシャの脳裏に浮かぶ。その度に悲しくなって、瞳からは涙がこぼれ落ちる。

地面を濡らした涙も、いつか涸《か》れて消えてしまうかもしれない。

悲しみと孤独感がピークに達して、チェシャは狭く暗い路地で丸くなる。

もう会えないのかもしれない。そんな弱気なことを考えてしまって、身体の力が抜けてしまった。

立ち上がれなくなる。

「どうせ会えないなら……もう……」

「――こんな所にずっといたら風邪をひきますよ」

その時、声が聞こえた。

懐かしい声が、チェシャの耳に飛び込んできた。

「今の声！」

忘れるはずがない。時間が経って、少しくらい変わっていても、それが誰の声なのかハッキリとわかった。

動かなかった身体に力が入って、チェシャは路地を出る。

大通りには、綺麗な女性と一緒に並んで歩く彼の姿があった。

「ずっと見ていても買いませんよ」

「……ロランのいじわる」

「そんな顔しても駄目です……一つしか」

「若様……やっぱり若様……生きててくれた……」

困った顔も、嬉しそうな顔も見られた。涙で潤んでしまって、ぐちゃぐちゃになった視界でも、彼の顔だけは見落とさない。

チェシャの長い長い旅路は、こうして終点を迎えた。

◇◇◇

俺の生存を信じて、チェシャは捜し続けた。

当てもなく、ただ生きているだろうという期待を胸に。

たった一人で、この広い世界を巡っていたのか。

俺に会うために。

そう思うと、途端に愛おしくなってきて、俺は彼女の頭を撫でていた。

「ありがとうな」

「えへへっ、会えたから全部ふっとんだっすね」

彼女だとは最初から気付いていた。

だから俺は、聖女様にバレないように追い払おうとしたんだ。

チェシャは俺のことを知っている。

聖女様が知らない部分を、彼女は知っているから、近づかせたくなかった。

何とも大人げないと反省する。

「若様は何をされてたんすか？」

「俺か？　俺はまぁ……色々だよ」

「聞かせてほしいっす！」

「長くなるぞ？」

「むしろ嬉しいっす！　若様とこうして話せる時間が増えるなら」

チェシャは無邪気な笑顔を見せる。

彼女は相変わらずだな。

俺は懐かしさを感じつつ、彼女に今までのことを話した。

主に聖女様の出会いと、俺が何をしたいのかを中心にして。

全てを話し終えてひと段落。

すると、チェシャは自分の胸をたたいて言う。

「じゃあウチも若様のお手伝いをするっすよ！」

「えっ」

「若様がやりたいことなら、ウチもやりたいっす！　あの人間の女の人を守ればいいんすよね？

それくらいならウチでも出来るっすから」

「まぁ、そうだな。俺がいない時にいてくれると安心出来るか」

「そうっすよね？　だ、だからその……」

チェシャはもじもじしながら言う。

「また、ウチを若様の傍においてほしいっす」

上目遣いで瞳を潤ませ、縋るような表情をしている。

十年以上も捜し続けてようやく出会い、離れたくないという気持ちが全身から伝わってくる。

「ああ、もうそのつもりだよ」

「ほ、本当っすか！」

俺はこくりと頷く。

すると、チェシャは満面の笑みを浮かべながら抱き着いてきた。

彼女は子供みたいにコロコロと表情が変わるな。

まだ彼女の話を聞いていない。

きっとたくさん辛いこともあっただろう。

俺と会うために、一人で捜し続けてきたと聞いたら、むげになんて出来ない。

それに……、

「聖女様も、お前のことを気に入っているしな」

そこが一番重要だ。

聖女様が望んでいるなら、俺も同じだということ。

こうして、チェシャは教会の一員となる。

◇◇◇

雨が続く中に訪れる偶の快晴。

じめっとした空気を乾かしてくれる日差しは、いつもより心地良い。

街では今しかないと言わんばかりに、洗濯物を干す人たちがいる。

「良い天気ね」

「はい」

「でもこれ、また雪に変わるんでしょ？」

「例年通りならそうらしいですね」

まだまだ寒い日は続くと二人が話している。

どこから聞いているかというと、二人の足元から見上げるように。

動けばチリンと鈴が鳴る。

聖女様がこちらに気付いて、ウチをやさしく抱きかかえた。

「では行って参ります」

「ええ、気を付けてね」

「聖女様も、一日中寝ているのはなしですよ？」

「大丈夫よ。今日からはチェシャも一緒だもの。きっと退屈しないわ」

若様はウチに目配せをした。

きっと、聖女様を頼むとおっしゃっているに違いない。

ウチはニャーと精一杯の返事をする。

そうして、若様は教会を出ていった。

残された聖女様とウチは、奥にある部屋の椅子に座って過ごす。

「ねぇチェシャ、ロランはどこにいったと思う？」

聖女様はウチに話しかけてきた。

猫の姿だから言葉で返すことができない。

にゃーと返すと、聖女様はニコニコしながら言う。

「冒険しに行ったのよ〜、ロランは冒険者のお仕事もしているの」

その辺りは若様から聞いて知っている。

昨日の夜に、これまでのことを一通り教えてもらったから。

聖女様と呼ばれているこの人のことは、特に詳しく話されていた。

不遇な経緯には貰い泣きをしそうになる。

人間はあまり好きではないけど、聖女様のことは嫌いになれそうにないと思った。

何より、ウチの役目は聖女様の護衛。

若様が不在の時に、何があっても聖女様をお守りする。

それが若様から請け負った大切な仕事だから、ウチは張り切っている。

聖女様を守り、飽きさせないように頑張るっすよ！

一時間後――

「……暇だわ」

（えぇ……）

聖女様の気分変わりは思った以上に早かった。

たった一時間遊んだだけで、飽きてしまわれた様子。

テーブルの上に突っ伏して、退屈そうにダラけてしまっている。

時計を見ても、まだ正午にすらなっていない。

これは良くないと思い、鳴きながら身体を擂り寄せたりしてみたけど……、

「チェシャ～、退屈だわ～」

効果はイマひとつのようだ。

聖女様は退屈そうに椅子の下で足をじたばたする。

そして、何かを思いついたようにピタリと動きを止めた。

「……そうだわ。ロランの所に行きましょう」

「ニャ!?」

思わず声に出てしまったけど、予想外の一言に動揺した。

何を言い出すんだと思いながら、聖女様の手をトントンと叩く。

「チェシャも一緒に行きたいのね？　もちろん良いわよ！」

（違う！　そうじゃない）

心の中で叫んでも、猫の言葉は届かない。

どうしてそんな発想に至ったのかわからないまま、聖女様は立ち上がる。

ウチは引き留めようと前に立ちはだかった。

「ん？　行っちゃダメって言いたいの？」

（通じた？）

「大丈夫よ。冒険者組合って場所を覗きに行くだけだもの」

そう言って、聖女様はウチを抱きかかえる。

おそらく若様は依頼中。

危険な場所へ行くのかと思ったら、そうではないらしい。

いや、そうじゃなくても駄目だ。

若様は留守番するように言っていた。

ここで引き留めないと――

「さぁ、行きましょう」

猫の力ではどうしようもなかった。

抱かれたまま教会を出ていく。

暴れて教会のほうへ逃げれば、後を追ってくるかも？

とかも考えたけど、逸《はぐ》れてしまうほうが怖いから、腹を括って同行することに決めた。

よく行くという商店街までは一本道。

近づくと、多くの人たちが声をかけてくる。

「あら聖女様？　今日はお一人ですか？」

「はい」

「珍しいですね。いつも先生と一緒なのに」

「ロランは別のお仕事中なんです」

「そうなのですね。あっそうだ！　よかったらこれ食べてください」

おすそ分けを貰う。

聖女様がニコッと微笑んで受け取ると、他にも人が集まってくる。

かけられる声は好意的で、穏やかな口調が多い。

慕われているのだとハッキリわかる。

話題に出てくる先生というのは、きっと若様のことだろう。

若様もこの街の人たちに頼りにされているみたいだ。

それからしばらく歩いて、若様のいる建物を目指した。

まっすぐに道を進み、迷いなくたどり着く。

と思っていたら……、

「どうしよう……迷ってしまったわ」

（えぇー！）

「よく考えたら私……組合の場所を知らないわね」

立ち止まらず歩いているから、てっきり知っているものと思っていた。

どうやら聖女様は、テキトーに進んでいただけらしい。

もっと早くに気付くべきだった。

今更だけど、明らかに人通りの少ない場所に来ている。

（しまったなぁ～。ウチも来たばかりだし、この街の道なんて知らないよぉ）

「仕方ないわね。来た道を戻りましょう」

そう言って聖女様は反対を向き歩き出す。

確かに戻れば解決する話だ。

だけど、こういう場合は大抵上手く行かない。

予想通りにもっと迷って、知らない場所にポツリと立ち尽くす。

「本当にどうしよう……このままじゃ帰れないわ。ロランも心配して……」

聖女様の表情が暗くなっていく。

こうなったら、ウチが本当の姿に戻って上から探せば……。

でも若様には正体がバレないようにって言われているし。

迷っていると、聖女様の表情はさらに暗くなる。

今にも泣きだしそうになって、若様の名前をぼそりと呟く。

「ロラン……」

「呼びましたか？」

「えっ？」

声がして、ウチと聖女様は顔を向ける。

すると、そこには若様が立っていた。

「全く捜しましたよ。こんな場所まで来ているとは」

「どうして？」

「街に戻ったら、聖女様が私を捜していたと教えてくれた方がいらしたので」

「そう……だったのね。ごめんなさい」

「理由はまた後で聞きますから。とりあえず帰りましょう」

「ええ。ありがとう」

暗くなっていた聖女様の顔が、若様を見てからスッと晴れる。

曇天の空が晴れ渡るように、聖女様は嬉しそうに微笑む。

さすが若様だ、と思わされた。

ちなみに、帰宅してから怒られている最中は、ずっとしょんぼりしていた。

ウチも怒られるかと思ったけど……、

「良い。これからもっと苦労するぞ」

と言っていて、今までの苦労が何となくわかった気がした。

第七章　再会とさようなら

その時は突然やって来た。
いつもと変わらない朝、穏やかな時間。
支度を済ませて教会の祭壇に立つ。
隣には牧師の格好に着替えたロランと、足元には黒猫のチェシャ。
教会の扉が開く。
一人目の来客が来たのだと、私たちは視線を向けた。
すると――
「失礼する。ここが聖女のいる教会で間違いないか？」
白いフード付きのローブで身体を隠した三人。
見るからに不審で、この街の人間ではない雰囲気を醸し出している。
そして、何より聞き覚えのある声だった。
出来るなら、二度と聞きたくないと思った声。
そう、この声は……、

「ユリウス様？」

「ああ、久しぶりだね……フレメア」

一人がフードをとり、その顔を見せた。

紛れもなくユリウス様の顔だ。

半年以上経つとはいえ、七年も見続けたら間違えるはずもない。

それでも目を疑わずにはいられなかった。

私は突然のことに戸惑って、何も言えないまま立ち尽くす。

「ご無沙汰しております。ユリウス様」

「ロランか。やはり君はフレメアと一緒にいたんだね」

「私の役目は、聖女様の護衛ですので」

「そうだったな……そして、君が正しかったということだ」

ユリウス様は顔を伏せ、落ち込んだように口を閉じる。

左右の二人は王国の騎士だった。

ロランは警戒して、私の前に立っている。

しばらく静寂が続く。

「フレメア……」

ユリウス様が顔を上げ、真剣な表情で私を見つめる。

私はごくりと息を呑み込んで、次にユリウス様の口から聞こえる言葉を待つ。

「すまなかった！　間違っていたのは僕たちだ！」

「えっ……」

「今さら謝って許してもらえるとは思っていない。ただ、どうしても最初に謝りたかった……本当にすまない。君は偽物なんかじゃなかった……全てアルフレッド伯爵が仕組んだ策略でしかなかったのだ」

ユリウス様は悔いるように目を細めてそう言った。

私とロランは互いに顔を見合う。

何か事情がありそうだと察し、ユリウス様を奥へと案内する。

席に向かい合って座り、改めて尋ねる。

「ユリウス様、先ほどおっしゃっていた、アルフレッド伯爵が仕組んだとは？」

「言葉通りだよ。アルフレッド伯爵は、権力を手に入れるために君を陥れようとした。ユリアは伯爵に利用されていて、僕たちもそれに気付けなかったんだ」

それが発覚したのは、今から三か月ほど前。

異変が起こりだしたのは、二人が王都を出て一か月後のことだった。

王都では原因不明の伝染病が大流行。

多数の死者が出てしまい、王国としても対応を急いでいた。

腕の良い医者を集め、原因究明にあたる。

しかし、完全に新しい伝染病だったらしく、薬物療法も困難な状況だと判明した。

治療薬を完成させるには、最低でも数か月の期間が必要となる。
その間にも、多くの人々が犠牲になる。
このままでは王都が病の地獄と化してしまう。
そこで白羽の矢が立ったのは聖女となった王女ユリアだった。
聖女の力であれば、新種の病だろうと癒すことが出来る。
国王はユリアに祈りを捧げ、王都の民を救うことを提案する。
ユリアもそれに賛同して、聖女である自分の出番だと意気込んだ。
だが、アルフレッド伯爵は、それに猛反対したのだ。
不自然だった。
多くの人が死に瀕している状況で、何を拒むことがある。
何のために聖女はいるのかと、国王は伯爵に言った。
それでも伯爵は拒み続けていた。
こうしている間にも、街ではたくさんの人が苦しんでいる。
国王とユリアは我慢出来ず、伯爵の制止を振り切って祈りを実行しようとした。
結果は知れている。
なぜなら、王女ユリアは聖女などではないのだから。
全てはアルフレッド伯爵が特注で作らせた装置による偽造だった。
決められた部屋で、限られた人数のみを治療する魔道具。

それを用いた所で、新種の病には対抗出来ない。

伯爵はそれを理解していたから、国王とユリアを引き留めようとした。

「その後、伯爵は失踪した。ユリアは国民から非難されて、自室から出て来なくなっている。父上も……責任を感じて体調を崩されてしまったよ」

「そう……でしたか」

そんなこと今さら言われても……。

というのが、ユリウス様の話を聞いて、私が最初に思ったことだった。

ただ、王都が大変な状況に陥っていることはわかる。

少し心配になって、私はロランのほうに目を向ける。

「それで、ユリウス様は謝罪をするために、遥々この地までやってこられたのですか？」

「ああ、一つはそれだ」

「というと、他にもあるのですね？」

ユリウス様はこくりと頷く。

そして、私の目を真剣なまなざしで見つめて言う。

「フレメア、王都の民を……君の力で救ってはもらえないだろうか？」

私とロランはピクリと反応する。

予想外、というわけではないが、驚くべき懇願だった。

それもユリウス様が……一国の王子が頭を下げている。

「虫の良い話だとは理解している！　だが、もう君に頼るしか方法がない。今こうしている間にも、たくさんの人々が苦しみ死んでいる。どうか……僕たちではなく、国民のために力を貸してほしい」

ユリウス様はもっと深く頭を下げる。

私はその姿を見せられて、どう答えていいのか迷う。

すると、後ろから彼が言う。

「聖女様のお好きなようになさってください」

「ロラン……」

「私はそれに従います」

そう言って微笑む彼を見て、心が少し落ち着きを取り戻す。

ユリウス様の話を整理しながら、自分の気持ちにも目を向ける。

自分がどうしたいのか。

どうするべきなのか。

聖女として——

◇◇◇

ガタンガタン。

音と振動が身体に響く。

小さな窓からはユーレアスの街並みが見える。

見える街並みは徐々に小さくなって、やがて見えなくなった。

私は窓から視線を戻し、小さくため息を漏らす。

「これで良かったのかな」

「聖女様が決めたことです。きっと正しいですよ」

「そうかな？」

「はい」

「……うん、そうね。そう思うことにするわ」

納得するしかない。

自分で決めて、私たちは馬車に乗った。

この馬車が向かう先は、私が追放された王都の街。

二度と足を踏み入れることはないと思っていた場所に、これから帰ることになる。

ユリウス様の願い。

王都の街に蔓延した病から、人々を救ってほしいと言われた。

裏切られた過去は、悲しい思い出として今でも残っている。

出来ることなら会いたくない人もいる。

それでも、私は――

「はいって答えたのよね」

「そうですね。ハッキリと」

チェシャも肯定するようにニャーと鳴く。

そう。私はユリウス様のお願いに応えるという選択をした。

遺恨はあるし、許すつもりもない。

だけど、王都の人々は騙されていただけで罪はない。

そう思えたから、私は了承した。

「でも、これっきりね。終わったらすぐに帰りましょう」

「はい。私もそのつもりですよ」

王都に戻っても、王都の聖女に戻るつもりはない。

どんな理由があったにしろ、私を裏切ったことは事実だから。

最後のけじめとして、一度だけ聖女として振る舞う。

それで終わり。

一応話してはあるけど、長く教会を空けたら、きっと街の皆も心配する。

やるべきことを済ませたら、一秒でも早く帰るつもりでいる。

そして、馬車に揺られること七日間。

私たちはついに、王都の街に戻って来た。

聳《そび》え立つ大きな壁が、街の外観を隠している。

最後に見たのは、ひとりで出ていくときだったと思う。

懐かしい以上に、込みあげてくるものがあった。

「戻って来たのね」

「そうですね」

「ロランはどう？」

「どうというと？」

「何か思う所はあるかなって」

「私は何もありませんよ」

そう言ったロランは、本当に何もなさそうに微笑んだ。

今更だけど、彼にとって王都はどんな場所だったのだろうか。

私が王都に連れて来られるまで、彼は何をしていたのか。

一度も聞いたことがなかったと気づく。

今度、暇を見つけて聞いてみよう。

私は彼のことを、まだまだ知らないみたいだ。

それにしても……、

「酷いわね」

「はい」

窓の外から王都の街並みが見える。
私たちが通っているのは、繁華街と呼ばれる賑やかな場所だ。
今日は天気が良い。
昼間なら、もっと人だかりが出来ているはず。
小さな時計を見れば、正午を過ぎた頃だとわかる。
この時間で、人が一人も歩いていない。
七年暮らしていて、こんな光景を見たのは初めてだった。
改めて置かれている状況の厳しさを実感する。
私たちを乗せた馬車は繁華街を抜け、貴族街へと入った。
この通りも普段ならもっと人がいる。
ほとんど見かけないのは、伝染病が流行しているからだろう。
貴族街を抜け、王城付近。
私たちにとって思い出深い場所が見える。
「あれ……」
はずだったけど、見えなかった。
さすがに唖然とする。
私たちが過ごした教会は、取り壊されて更地になっていた。
七年間を過ごした思い出の場所だったのに。

「簡単になくなってしまうのね」

「……聖女様」

「大丈夫よ」

心配そうに見つめるロランに、私はニコリと微笑む。

悲しみを感じないわけじゃない。

だけど、ある意味ではスッキリした。

これで何があろうと起ころうと、ここに留まることは考えないだろう。

そして、私たちは王城へたどり着いた。

「二人ともこっちへ」

ユリウス様に案内され王城の中を歩く。

通りかかる使用人や騎士が、チラチラと見てはお辞儀をしていく。

互いに奇妙な光景を見せられているようだ。

そうして案内されたのは王座の間……ではなく、国王様の寝室だった。

ユリウス様がノックをする。

「父上！　ユリウスです！　ただいま戻りました」

「……入れ」

小さくかすれ気味の声が聞こえてきた。

ユリウス様が扉を開け、後に続いて中へと入る。

すると、そこには……、
ベッドで弱々しく横になる国王様がいた。

半年前の記憶が重なって、別人のようになってしまった衝撃が走る。

あの頃の勇ましさや、王としての威厳が薄れていた。

「おお、フレメア……戻って来てくれたのだな」

「……はい」

私の名前を呼んだ声が、弱々しすぎて心に刺さる。

そして、同時に理解した。

国王様の命は……もう長くはもたない。

噂の伝染病にかかってしまっているのは、ユリウス様から聞いて知っていた。

その症状が思った以上に重い。

「ユリウス様、申し上げにくいのですが……」

「いや良い。言われなくとも理解している」

ユリウス様が悔しそうに唇をかみしめている。私が言おうとしたことに、ずっと前から気付いていたのかもしれない。

その後私は、国王様の病を祈りで完治させた。

私の祈りで病は完治させられる。

ただし、病によって蝕まれた肉体は完全には戻らない。

ダメージとして蓄積され、確実に寿命を縮めている。

話によれば、国王様は伝染病が流行する少し前から、体調を崩し始めていたそうだ。

おそらくその頃から、すでに感染してしまっていたのだろう。

王都の民を守るため、心配させないように振る舞っていた。

その代償が、こうして残っている。

国王様はベッドからゆっくりと起き上がる。

手足はやせ細り、シワが出来て皮膚が垂れ下がっている。

「父上、無理をされては！」

「心配いらん。彼女の祈りで病が完治したお陰か、少し身体が楽になった」

「しかし病み上がりです。横になられたほうが良い」

「わかっている。だが、それは彼女に……謝罪してからだ」

そう言って、国王様は私の正面に立った。

ふらつきながら、ユリウス様に支えられ、立つのも大変そう。

弱った身体を強引に動かし、姿勢を正して頭を下げる。

「すまなかった」

小さく、ハッキリと聞こえたのは謝罪の言葉だった。

ユリウス様と同じだ。

国を治める者が、私に頭を下げている。

深々と下げたまま続ける。

「事情は……ユリウスから聞いていると思う。言い訳をするつもりはない。私たちは君を……裏切った。その事実は変わらない」

「……」

「だが、国民に罪はない。あるとすれば、気づけなかった私にだけだ。お願いだ……一度で構わない。民を救ってほしい」

「顔を上げてください、国王様」

私がそう言うと、国王様はゆっくりと顔を上げる。

色々と思う所はある。

言いたいことだって山ほどだ。

だけど、今の国王様を見せられると、そのどれもが相応《ふさわ》しくないと思えてしまう。

とりあえず、言えることは一つだけ。

「心配いりません。私はそのために戻ってきましたので」

安心してもらえるように、私はニコリと微笑む。

すると、国王様は安堵の表情を見せる。

「ユリウス様、皆さんを集められる場所を準備していただけますか?」

「ああ。王城の一部を開放する予定だ。すぐに手配しよう」

「ありがとうございます。それから……ユリア様にお伝えください」

「……わかっている」

全てを話すまでもなく、ユリウス様は察していた。

国王様はベッドに座り、再び横になる。

後は肉親であるユリウス様と王女様に任せよう。

私は自分の役割を果たして、この街を出る。

急ピッチで準備は進められた。

王城の一部である騎士団の訓練場を開放し、王都の街から感染者を集める。

感染の疑いのある者も含め、可能な限り入れる人数を押し込める。

「聖女様が帰って来られたのか？」

「やっぱりあの方が本物の聖女様だったんだ！」

「よかった……これで王都も安泰ね」

集まった人たちから、私の帰還を喜ぶ声が聞こえてくる。

このとき私は、調子の良い人たちだと思った。

一度は偽物だと騒ぎたて、噂を大きくして広めた癖に、手のひら返しで褒めたたえられても嬉しくない。

むしろ不快なだけだ。

ユリウス様と国王様は、国民に罪はないと言っていた。

私も最初はそう思っていた。

だけど……。

「やっぱり駄目ね」

「聖女様？」

「何でもないわ。さぁ、早く済ませてしまいましょう」

私は集まった人たちの前に出ていく。

すると、惜しみない拍手と歓声が響きわたった。

うるさ過ぎて耳がバカになってしまいそう。

「主よ――我が同胞を救い給え」

祈りの光が会場を包み込む。

淡く光るヴェールに触れれば、病は泡のように消えていく。

身体が軽くなったとか、熱がなくなったという声が聞こえてきて、祈りの効果を再確認する。

これを必要な人数だけ繰り返す。

王都に暮らす人々全員、とまではいかないが、それに近い人数を癒す。

大変なことはわかった上で、頑張って次々に癒していく。

少しでも早く帰れるように、珍しくやる気を出していた。

途中でロランが私に言う。

「少し休まれてはどうです？」

「大丈夫よ。早く終わらせて帰りたいもの」

「それはわかりますが……無理をしすぎて倒れないでくださいね」

「ふふっ、その時はロランが負ぶってくれるでしょ?」

私がそう言うと、ロランは呆れたように笑った。

半分冗談だけど、半分は本気で言っている。

彼ならきっと、遠く離れたユーレアスの街までだって負ぶってくれるわ。

それから約半日かけて、王都中の人々を癒し終わった。

気付けばすっかり夜になっていて、身体も疲れが溜まっている。

帰りたい気持ちを一先ず横に置いて、私たちは王城で一泊することになった。

用意された部屋は二つ。

私とロランそれぞれの部屋だ。

「よろしいのですか?」

「ええ。傍に居てほしいの」

だけど、私はロランを同じ部屋に呼んでいた。

慣れない王城のベッドで眠ることに不安を感じたから、というのもあるけど、単に話し相手がほしかったからでもある。

疲れているのに、目は冴えて眠気が来ない。

「明日の朝には帰りましょうね」

「はい。馬車は手配してありますよ」

「さすがね」

他愛もない話をする。

その中で、ロランが私に問う。

「やっぱり駄目、とおっしゃっていましたね」

「そうね」

「あれはどういう意味だったんです？」

「う～ん……なんて言えばいいのかな。ここの人に感謝されても、もう嬉しくないんだなーって」

裏切られたことが心の奥に深く残っている。

悪いのは彼らではなく、陥れた伯爵だとは思っているけど、納得は出来ていないらしい。

結局、彼らも私を信じてくれなかったから。

「完全に愛想が尽きた……という感じですか」

「たぶんそうね。聖女失格？」

「まさか」

そんな話をして、いつの間にか寝入っていた。

ちょうどその頃。

国王様が静かに息を引き取ったと、翌朝になって知る。

◇◇◇

夜空に星がきらめく。
深夜だというのに、王都の街ではパーティーでも開かれているように賑やかだった。
伝染病という脅威から解放され、聖女の帰還を喜んでいる。
多くの人が集まり騒ぎ、誰かと誰かがぶつかっても気にしない。

聖女様はお休み中だ。
一日で王都中の人々に祈りを捧げたのだから、疲れていて当然だろう。
ぐっすり眠られていて、ちょっとのことでは起きそうにない。
俺は徐《おもむろ》に起き上がり、支度を整える。
「チェシャ、聖女様を頼む」
チェシャは小さく鳴いて肯定する。
俺はひっそりと部屋を出ていく。
用意された隣の部屋に戻るわけではない。
俺が向かうのは王城の外。
予想通りであれば、あまりよくない者たちが企んでいるはずだ。

にぎわう王都の街では、たくさんの人々が行き交う。

多すぎて、一人や二人の部外者が交ざっていても気づかない。

怪しげなローブを着た男性たちが、別々の方向から集まり、路地へと消えていく。

表の賑やかさに隠れて、建物の裏手でこっそり集まる十数名。

その中の一人が、他の男たちに指示する。

「ルートは私が知っている。後は何でもいい……聖女を拉致しろ」

「任せてくれ。相応の報酬は貰っている」

「させると思うか？」

「――!?　誰だ！」

月明かりをバックに、俺は彼らの前に立ちはだかる。

男たちは一人を守るように前に出る。

「久しぶりだな、アルフレッド」

「貴様……ロランか？」

互いに顔を認識し、目を細めて睨み合う。

「お前が失踪したと聞いてから、ずっと周囲を警戒していたよ」

「……何だと？」

「お前なら必ず、聖女様の力を悪用しようと企むはずだ。王家の信用を失っても、醜い野心は消えやしないからな」

「……お前たち」

男たちが武器を構える。

「聖女様は傷つけさせない。そんなことは、俺が断じて許さない」

「――やれ！」

男たちは一斉に襲い掛かる。

数にして十七人。

集められていたのは、王国内でも屈指の暗殺者集団だったらしい。

一人一人が相当な手練《てだ》れで、今までに数多くの人を殺してきた。

が、そんなことは関係ない。

「ば、馬鹿な……」

俺の前に立った時点で、何人だろうと敗北以外にないのだから。

「一瞬……？　たった一人で？」

それは瞬《まばた》きの瞬間に起きた。

襲い掛かる彼らを、俺は剣で切り伏せた。

常人では認識不可能な速度で移動し、音すら斬り裂く速度で剣を振るう。

彼らは斬られたことに気付く前に、バタバタと地面に倒れていった。

驚き啞然とするアルフレッドに、俺は剣を鞘に納めて言う。

「何を驚いている？」

「な、何?」

「まさか、俺が誰なのか忘れているのか?」

アルフレッドは困惑したまま眉をひそめる。

表情からピンときていないことを察して、俺は大きくため息をこぼす。

「聖女様はこの国の宝であり第二の象徴だ。故に、聖女専属の騎士には王国騎士団の中で最も強い者が選ばれる。俺はその座に……一体何年前からいたと思っている?」

聖女を守る剣は、王国最強の騎士。

たった一人で魔物の軍勢すら退け、魔王ですら対等に渡り合える。

そういう規格外の強さを持つ者だけが、その座に就くことを許されている。

俺が聖女様の騎士になったのは七年半前。

互いにまだ子供だった頃。

「この俺を相手に、人を殺す集団をいくつ用意した所で無意味だ」

「くっ……」

「逃げられると思うのか?」

広場へ出ようとしたアルフレッドに、切っ先を向ける。

彼は刃に怯えながら、焦り顔で俺に言う。

「ま、待て……取引をしよう」

「断る」

「わ、私を殺せば困るのは貴様らだぞ！」

「生きているほうが迷惑だ」

「や、止めてくれ……私はまだ……」

「死にたくないか？」

アルフレッドは無様に頷く。

情けない。

本当に情けない姿だ。

つい半年前まで、俺たちの前で威張っていた男とは思えない。

憐れに思う。

だからこそ、許すわけにはいかない。

「だったら――」

「へっ？」

「神に許しでも請うんだな」

振り抜かれた剣は、アルフレッドの首を両断した。

ボトリと落ちる首に向かって、俺は冷たい視線を向けて言う。

「まぁ、俺は許さないが」

聖女様を裏切り、陥れた罪は重い。

死をもってしても償いにすらならない。

せめて地獄にでも落ちて、永遠に絶望を繰り返してくれ。

◇◇◇

翌朝。疲れから眠りが深く、いつもよりも目覚めが悪い。

外は良い天気で、日差しも心地良いのに、よくわからないダルさが残っている。

ふと横を見るとチェシャが丸くなって眠っていた。

「あれ……ロラン？」

一緒の部屋にいたはずの彼がいない。

私はおぼろげな意識の中、ベッドから降りようとする。

ガチャリ。

部屋の扉が開いて、ロランが入って来た。

「お目覚めですか？　聖女様」

「ロラン……おはよう。どこかへ行っていたの？」

「ええ、少し外の空気を吸ってきました」

そう言って、ロランは私の傍まで歩み寄る。

彼の顔を見つめて、昨日のことを思い返す。

早く帰りたいという気持ちも、昨日の出来事と一緒に再燃する。

「準備するわ」

「はい。ですが、その前に一つだけ報告が」

「ん？　何かしら？」

ロランが真剣な表情をしている。

この時点で、よくない知らせなのだろうと察する。

「昨晩、陛下がお亡くなりになられたそうです」

「……そう」

驚きはしなかった。

私はすでに、国王様の死期が近いことを察していたから。

ユリウス様も気づいていたはずだ。

王女様は……どうだかわからないけど。

「帰る前に、お顔を拝見しますか？」

「……止めておくわ」

「よろしいのですか？」

「ええ、だってもう……私たちはこの国の人間ではないもの」

そして何より、私はこの国の人たちに愛想がつきている。

国王様には申し訳ないけど、二度と戻りたいとも思えない。

私たちは部外者だ。

だから、国王様の遺体を見る資格はない。

「わかりました」

「さぁ、帰る準備をしましょう」

「はい」

それから十分くらいかけて、私とロランは身支度を整えた。

途中でチェシャも起きて、一緒に部屋を出ていく。

ユリウス様には、朝になれば勝手に出ていくと伝えてある。

変に見送られでもしたら、騒ぎになって足止めをされるかもしれないから。

特に街の人たちは、私が聖女として戻って来たと思っている。

再び出ていくと知れば、無理やりにでも止めようとするかもしれない。

出来る限りひっそりと、私たちは王都を出ていくことにした。

「待ちなさい」

王城の廊下を歩いている途中、後ろから私たちを呼び止める声があった。

振り返るまでもなく、誰なのかはわかった。

「ユリア様」

私たちは立ち止まり、彼女と向かい合う。

いたのは彼女一人だけだった。

目元が赤くなっている所を見ると、涙を流した後だとわかる。

きっと国王様の死を悲しんでいたのだろう。

そんな彼女が、どうして私たちの前に現れたのかは疑問だった。


しばらく沈黙が続く。

王女様は睨むように私を見つめ、ぼそりと言う。

「どうして……どうしてお父様を見殺しにしたの！」

「えっ」

「とぼけた顔をしないで！　貴女が本物の聖女なんでしょ？　だったらお父様だって助けられたはずよ！」

口から飛び出したのは、思いもよらぬ非難の言葉だった。

国王様やユリウス様がそうであったように、彼女も自分の非を認め、謝罪に来たのかと思ったのに。

「聖女の癖に……お父様を見殺しにしたのね」

「お言葉ですがユリア様、それは間違いです。あの時すでに陛下は――」

「ロラン！　貴方は黙っていなさい！」

王女様は声を荒らげて叫んだ。

かすれ気味の声は、私の知っている王女様とは別人のように感じられた。

瞳から涙がこぼれていく。

「貴女の所為よ……貴女の所為でお父様は……」

ひどく傷心されているのだろう。

具体的な理由もなく、ただただ私に対して非難の言葉を吐いていた。

さすがに同情してしまう。

だけど、それ以上に呆れてしまって、私は彼女に言う。

「確かにその通りです。私がもう少し早く来ていれば、国王様は助かったかもしれません」

「っ……フレメア」

「ですが、私を追い出したのは誰だったのか……もうお忘れですか？」

びくりと王女様は反応を見せる。

図星をつかれたように、思い出したように胸を押さえる。

「私はもう、この国の聖女ではありません。今の聖女は王女様です。貴女がやるべきことを、私は代わりにやっただけ。国王様の病も、王女様が癒すべきだった」

「そ、そんなこと無理に決まって――」

「そうとわかっていれば、私も国を出ることはなかったでしょう」

聖女らしくない嫌味な言い方だと自覚している。

それでも言わずにはいられない。

溜まり続けたモヤモヤを、ここで全て吐き出してしまおうと思う。

「ハッキリと申し上げます。国王様を見殺しにしたのは私ではなく……王女様です」

これを言えば、王女様の心に傷が残ると理解していた。
理解した上で、私は言い放ったんだ。
それは決意の表れでもある。
二度とこの国には戻らない。
これが最後の仕事で、何があろうと手助けはしない。
きっとこれから大変だと思う。
だけど、そんなことは知らない。
「では、失礼します」
王女様は立ち尽くしたまま、涙で床を濡らしていた。
同情はするけど、仕方がないと思っている。
これは罰だ。
人を騙し、利用され、責任を押し付けようとしたことの報いだ。
そのまま馬車に乗って王城を出る。
騒ぎになる前に、私たちは王都の門を潜《くぐ》り外へと出る。
「さようなら」
今度こそ永遠に。

◇◇◇

帰りの馬車に揺られる。

ガタゴトと音を立てて、荒く細い道を通っていく。

馬車はロランが手配してくれた。

行き先を誰かに知られるわけにはいかなかったから、運転は他人に頼めない。

ロランが手綱を握り、私は後ろで座っている。

「疲れたわね」

「ええ。なるべく早く到着させます」

「お願いするわ。でも、ロランもちゃんと休まないと駄目よ？」

「わかっていますよ」

そう言ってロランは微笑む。

たぶんこの表情はわかっていない。

いや、わかった上で休む気がないと悟った。

良くも悪くも、ロランは私のことを最優先に考えているから。

「ねぇロラン」

「何ですか？」

「そういえば、今って前と同じ道を通っているの？」

「前とは？」

「ほら、最初に追い出された日よ」

「ああ。いいえ、今回は最短ルートです」

前に王都を出たときは、最初からユーレアスを目指していたわけじゃない。

生まれ故郷の村をチラッとだけ見に行った。

あわよくば村で暮らそうかと思ったりもしたけど、結局駄目だったから国を出たんだ。

「そう……」

「何かありましたか？」

「大したことじゃないわ。ただ、前に見た景色を思い出していたの」

あれはどこだったかしら？

綺麗な景色だった。

川があって、森が一望出来て、はるか先まで見渡せる。

そういう場所があって、印象に残っている。

同じ道を通っているなら、もしかしたらまた見られるかと思ったけど……。

「仕方ないわね」

早く帰りたいと言いながら、寄り道したいなんて言うのは贅沢だ。

私は窓の外を見つめて、ユーレアスの教会を思い浮かべる。

何日も留守にしてしまった。

きっとたくさんの人が私のことを待っている。

あの街の人たちの感謝は、もらってとても心地が良い。


四日が経過した。

道のりはちょうど折り返し地点。

残り半分という所で夜を迎え、私たちの馬車は停車する。

「ロラン、いいかげん貴方も中で眠ったら？」

「いいえ、私はもしもの時に備えて外で待機しています」

そう言って、かたくなに馬車の中へは入らない。

言っていることは理解出来るけど、外は肌寒くてジメジメしている。

出来れば中に入ってほしいけど、こういうときの彼は何を言っても無駄だから。

「風邪をひいても癒してあげないわよ？」

「ははっ、それは困りますね」


翌朝。

馬車は再び走り出す。

何となく揺れが激しくなった気がして、ふと窓の外を見る。

この景色……どこかで見たような？

既視感があった。

以前にも同じ景色を、こうして馬車の窓から見た気がする。

その景色はありきたりで、どこにでもあるような森の一フレームでしかない。

最初は、きっと似ているだけだと思った。

それからさらに進むと、明らかに見覚えのある景色が増えていく。

私は気になって、ロランに尋ねる。

「ロラン、ここって前にも来なかったかしら？」

「おや、さすがですね。もう気付かれるとは」

「やっぱりそうなのね……でも、確か違う道を通ってるって」

「はい。実は内緒で、ちょっと寄り道をしている最中なんですよ」

ロランは悪戯《いたずら》っぽい笑顔を見せる。

私は首を傾げて、窓の外を見続けた。

すると――

「到着しましたよ」

ロランが馬車を停めた。

彼が先に降りて、馬車の扉を開ける。

差し伸べられた手を握り、チェシャも一緒に降りる。

そうして目を向けた先には、あの景色が広がっていた。

「ロラン、ここって……」

「はい。道中におっしゃっていた場所ですよ」

川があって、森が一望出来て、はるか先まで見渡せる場所。

間違いない。

私たちが半年前に見て、美しいと心から思えた景色だ。

「また見たいという意思が伝わってきましたので」

「そうね、見たかったわ」

「お節介が過ぎましたか？」

「ふふっ、そんなこと思ってないでしょ？」

ロランの心遣いは心から嬉しかった。

疲れていた心が、癒されていく感じがする。

この景色のお陰もあるけど、何よりロランの優しさを感じたから。

ちょっとした寄り道も、偶には必要だと分かった。

それから思う存分景色を堪能して、馬車で街へと戻る。

予定より一日遅い帰宅になった。

でも、また明日から頑張れそうだと思える。

第八章　花開く祭り

雪降る寒さも和らぎ、穏やかな陽気が訪れる。

王都から戻って一月半は、あっという間に過ぎてしまった。

特に目立った変化はなく、毎日を平穏に過ごしている。

退屈だと感じてしまうのは、きっと贅沢なのだろう。

私は教会の一室で休憩中。

一緒にいるのは、ロランの冒険者仲間で私の友達セシリー。

ロランが買い物に行っている間、私の話し相手になってくれている。

「だったら丁度いいわね」

「え、何が？」

「退屈なんでしょ？　明後日に街で一番大きなお祭りがあるのよ」

「へぇ～、どんな祭りなの？」

「花の祭りね」

セシリーの話によると、毎年この時期になると、綺麗なピンク色の花を咲かせる木が生えているらしい。

その木は特別で、他の国ではほとんど見られないとか。

しかもほんの短い間だけ花を咲かせ、雨や風で簡単に散ってしまう。

美しく儚い花を見るため、多くの観光客が訪れるそうだ。


「とっても綺麗よ。並木の下で露店も開かれるし、いろんな催しもあって賑やかね」

「そうなのね……お花の祭り」

「せっかくなら、ロランと一緒に回ったら？」

「そうね、後で誘ってみるわ」

お祭りか。

王都でもお祭りはあったけど、私は参加したことがなかった。

聖女である私が行けば、間違いなく異様な混雑が起こってしまうから。

あることを知りながら、教会から眺めているだけ。

別に人混みは好きではないし、行けなかったことを悔いてはいないけど、一度くらいは参加してみたいとも思っていた。

「楽しみだわ」

「ええ、私も楽しみよ」

◇◇◇

「というわけだから、当日は楽しんできなさいね」

「えっ……話が急すぎるんだが」

「それはそうよ。だって流れで決まったことだもの」

買い物を終えて教会に戻ると、セシリーに呼び出されて二人きりになった。

何か内緒の話があるらしく、とりあえずついて行って、事情を聞いたのが今さっき。

祭りの存在は知っていたけど、行くつもりはなかったので戸惑っている。

「何を躊躇《ため》ってるのよ。二人でお祭りなんて仲を深める絶好の機会じゃない」

「そ、それはそう……なのか？」

「間違いなくそうよ。あの子も楽しみにしてるんだから」

「聖女様が……」

そうなのか。

聖女様が行きたいと言うなら、俺が否定する意味もない。

「後で誘うって言ってたけど、むしろ貴方から誘いなさい」

「えっ」

「えっじゃないわよ」

「聖女様が誘うつもりなんだろう？　だったらそれに応えたほうが――」

「馬鹿ね。誘うつもりだからこそ先にこっちから誘うのよ」

意味がわからなくて、俺は首を傾げる。

すると、セシリーは呆れてため息をついた。

「お互いに同じ気持ちだってわかったら、もっと行くのが楽しみになるでしょ？」

「そ、そういうものなのか」

言われてみればそうかもしれない。

ただ、自分から誘うのはちょっと恥ずかしい。

「間違ってもスルーはなしよ？」

「は、はい」

とりあえず、いつもの調子で誘ってみよう。

俺はセシリーと一緒に聖女様のいる部屋に戻った。

聖女様はチェシャと遊んでいて、俺が戻って来たのに気づき近寄ってくる。

「お帰りなさいロラン」

「はい、ただいま戻りました」

「セシリーと何を話していたの？」

「仕事の話ですよ」

「ふぅ～ん、そうなの」

聖女様は何やらモジモジしている。

セシリーが俺の後ろからひょこっと顔を出し、聖女様と俺に言う。

「じゃあ私は帰るわ。ロラン、また組合で」

「ああ」

「また遊びに来てね」

「ええ、もちろん」

セシリーはニコリと微笑み、部屋から出ていく。

最後に俺にだけわかるように、ギロッと視線を向けてきた。

ちゃんとやれ、と言われている気がして、俺は背筋を伸ばす。

「聞いてロラン。さっきね？　セシリーから良い話を聞いたのよ」

「あっ、その話の前に私から一ついいですか？」

聖女様の言う良い話とは、おそらく祭りのことだ。

先に話を出されると、セシリーに言われていたことが実行出来なくなる。

腹を括って先手をとろう。

「何？」

「その……明後日に街で祭りがあるそうでして、よければ私と一緒に回りませんか？」

よし、これで一先ずは果たしたぞ。

後は聖女様の反応を窺うだけ。

セシリーの話では、先に誘ったほうが良いと言っていたが……。

「……」

「聖女様？」

「凄いわ。ちょうど今、私も誘おうと思っていたの」

「あ、え、そうなのですね」

「ええ。私たち、同じことをしようと考えていたのね……ふふっ、何だか変な気分ね」

聖女様が微笑んだ。

嬉しそうに笑ってくれている。

どうやら本当に、セシリーの言っていたことは正しかったようだ。

俺はほっとしながら、祭りの日への期待を胸に抱く。


その花に名前はない。

最初に見つけた誰かさんが、名前を付けそびれたから。

あまりの美しさに言葉をなくし、絞り出した一言が、現在でも語り継がれている。

恋に落ちてしまいそうだ……。

彼は冒険家だった。

遥か東の大陸を巡っている時に、この花の原木を発見したという。

ピンク色の花弁が美しく散り、青い空を色づける。

その時、彼は同じ色の髪をもつ妻のことを思い出していた。

早くに病で亡くなった最愛の人と同じ色。

彼は運命に思っただろう。

何より、その美しさに魅了され、再び恋に落ちてしまいそうだったそうだ。

以来、この花を人々は『恋花』と呼んでいる。

正式な名前ではなく通称が広まって、今でも正式な名はつけられていない。

いつか誰かが、恋してしまうほど素敵な名前をつけてくれると、未だに信じられているとか。

◇◇◇

「明日は楽しみね、ロラン」

「はい」

「お祭りなんて初めて参加するわ。ロランもでしょ？」

「ええ。いつもは遠巻きに見ているだけでしたからね」

「そうだったのよ。明日はたくさん回りましょう」

翌日の夕食時。

食卓を囲みながら、聖女様が楽しそうに話している。

いつも以上に上機嫌だから、本当に楽しみにしているのだろう。

これは俺も気合を入れてエスコートしなくては。

一夜が経過し、待ちに待った祭り当日。

空気を読んでくれた空は快晴で、涼しく丁度いい気温を運んでくれた。

この季節は雨降りになることも多いそうだが、今日は運が良かったらしい。

「いいお天気ね～」

きっと聖女様の日頃の行いが良いからだ、と勝手に思っている。

多くの人を助けているのだから、本人が何より幸せでなくては不公平だ。

「聖女様、今日は目いっぱい遊びましょう」

「あら？　ロランがそんなことを言うなんて珍しいわね」

「そうですか？　まぁ偶には良いでしょう。役目も使命も忘れて、楽しさを求めても」

聖女様には特に必要な時間だ。

一月半前には王都で最後の役目を終えられ、戻ってからも聖女として街の人々の悩みを解決している。

時折見せる退屈そうな表情が、疲れと変化への期待を思わせる。

「行きましょう！」

「はい」

祭りが行われているのは、街外れにある並木の通り。

横には川が流れていて、子供たちにとっては遊び場になっている。

商店街からは離れているから、ちょっと歩かないといけない。

俺と聖女様、それからチェシャも一緒に並木まで向かう。

「全然人がいないわ」

「祭りに出店しているのでしょうね」

途中で商店街を通りかかった。

いつもなら賑わっている時間帯に、店がほとんど閉まっている。

飲食店などの多くは、祭りの屋台の一つとして営業中なのだろう。

ガラガラの商店街を抜けて、人通りが徐々に多くなる。

変わった格好をしている人たちもいて、祭りへ向かう列に加わる。

すでに凄い人数が歩いていた。

「あら聖女様に先生」

「こんばんは」

「お二人も祭りに参加されるんですか？」

「はい。友人に教えていただいたので」

「そうなんですね。あらまぁー、お二人は絵になりますね」

「ありがとうございます？」

聖女様は首を傾げながらそう言った。

あの方の言っている意味がわからなかったのだろう。

かくいう俺も、どういう理由で言ったのかわからない。

褒められているのだとはわかるけど。

「進みましょうか」

「そうね」

俺たちは列に従って進んでいく。

すると、ピンク色の花弁がチラッと視界に入る。

見上げた瞬間、俺も聖女様も同時に声を上げた。

「おぉー」

「綺麗」

美しいピンク色の花弁が舞っている。

なんて神秘的で鮮やかな光景なのだろう。

花に見惚れるなんて体験は、生まれて初めてのことだ。


それから一緒に露店を巡った。

花弁の美しさに度々足を止めては眺め、道行く人に声を掛けられる。

なぜだかニヤニヤしている人もいて、よくわからなかった。

「おぉー！　お二人さんも参加してたのかい？」

「ん？　あ、道具屋の」

「おう、いつも贔屓《ひいき》にしてもらってるぜ」

冒険者の仕事で要る道具を、彼の店で揃えていた。

以前に怪我を治療した経緯から、聖女様とも面識がある。

彼も露店を出していたのか。

ふと視線を下げると、看板に書かれた文字に気付く。

「恋みくじ？」

「そうだぜ！　花祭りと言えば『恋』だからな～」

「「えっ」」

俺と聖女様は同時に声を出していた。

「ん？　なんだお二人さん知らないのか？　この祭りに参加した男女は、永遠の恋に落ちて生涯結ばれるっつう伝説があるんだぜ？」

「恋……」

「しょ、生涯」

俺たちが花にまつわる話を知ったのは、祭りが終わった後だった。

自分たちの状況と、声をかけられた言葉の意味に気付く。

そうか。ニヤニヤしていたのは、そういう理由か。

セシリーの奴……何で教えてくれないんだよ。

心の中でぼやきながら、ふと聖女様を見る。

顔を真っ赤にして、今にも沸騰しそうなほどだ。

その後、結局みくじは買わずに並木を歩いていく。

会話も減っていて、気まずい雰囲気が続く。

それとは裏腹に、祭りに参加する人が増え、通りは混雑し始める。

「大丈夫ですか？」

「え、えぇ……」

聖女様は何度か人にぶつかっていた。

気を抜けば逸れてしまいそう。

と思った時、人の波に押し出されて、俺と聖女様の距離が開きそうになる。

「あっ——」

自然と、俺は手を伸ばしていた。

聖女様と手をつなぎ、互いに肩が当たるまで近づく。

「逸れては困るので」

「そ、そうね」

聖女様の手は温かくて、柔らかい。

伝説の話が脳裏に浮かんで、恥ずかしさから横を見られない。

それでも勇気をもって横を見る。

聖女様は今、どんな表情をしているのか。それを確かめて、俺は嬉しくて微笑んだ。

第九章　この気持ちは何だろう

ユーレアスの街から西へ下ると、大きな畑が広がっている。

農家の人たちが丹精込めて育てている作物が植えられていて、収穫したら街の市場に並ぶ。

街の食料の一部は、この畑で補っている。

そんな畑を毎年、とある魔物が襲う。

「バッタ？」

「そうよ。グラスホッパーっていう、大きなバッタの魔物なの」

「それが畑を襲うのか」

「ええ、それも毎年ね」

組合の依頼ボードには、この時期になるとグラスホッパー討伐が山ほど貼られている。

本来はもっと西のエリアに生息しているそうだが、寒さが和らいだ今頃になると、こちらへ向けて大移動してくるそうだ。

移動ルート上の作物を食い荒らすから、農家の人たちにとっては何より嫌な魔物と言える。

「あいつら面倒臭いんだよな〜、ぴょんぴょん跳ね回るしよぉ〜」

「作物が傷つくから、強い魔法が使えないのもきつい」

マッシュとルナはあまり得意ではない様子。

俺はグラスホッパーという魔物を知らないから、今回が初対面だ。

依頼を受注し、現場へと向かう。

すでに何人かのパーティーが集まっていて、グラスホッパーと戦闘を開始していた。

「あれが……思ったより大きいな」

「でしょ？　私は虫苦手だから、前衛二人ががんばってね」

「「おい」」

と冗談はさておき、俺たちも戦闘に参加しよう。

前衛である俺とマッシュが先行して、畑に近づく数体に近寄る。

こちらに気付いた一体が、高々とジャンプして襲い掛かってくる。

「うおっ！」

「凄いバネだな」

そのまま落下してきた一体を避け、すかさず剣で斬りかかる。

グラスホッパーは強靱な顎を持ち、岩すら簡単に砕く。

注意すべきは顎での攻撃と、さっき見せた跳躍。

それさえ食らわなければ、なんてことのない相手ではある。

「問題は数か」

「そうなんだよ。見ての通り、向こうにわんさかいるからな」

地平線を埋め尽くすほどの群れが、畑に向かって移動している。

習性で夜間は土の中に潜って身を隠すから、移動してくるのは日中だけ。

俺たちの役割は、奴らが眠りにつくまで耐えること。

「バッタって土に潜ったか？」

「さぁ？　こいつらが特別なんじゃないのか？」

「ちょっと二人とも～、しゃべってないで働いてくれる？」

「こっちは大変」

セシリーとルナのほうに数匹が押し寄せていた。

俺がフォローに入って、二人が援護を続ける。

これを残り五時間ほど継続する。

「……気が遠くなるな」

さすがの俺も、五時間におよぶ連続戦闘は身体に堪《こた》えた。

マッシュの話によれば、グラスホッパーの大群は一月かけて侵攻を続けるらしい。

これを一か月も続けるなんて、普通に考えて無茶苦茶だ。

組合にも話を聞いてみたら、年々グラスホッパーの量と期間が増えているとか。

仕方がないな。

戻ったら聖女様に相談してみようか。

◇◇◇

「ということなんですが、聖女様のお力で何とか出来そうですか？」

「う〜ん、広さと期間によるわね」

冒険者のお仕事から帰って来たロランが、私に相談があると改まって言った。

自分のことでロランが私に頼るなんて珍しい。

ちょっと嬉しくて、広さは街の二倍程度ですね」

「期間は一月で、広さは街の二倍程度ですね」

「それくらいなら出来ると思うわ」

「本当ですか？」

「ええ！　一回では無理だけど、三回くらいに分ければ余裕ね。さっそく明日にでも行きましょう」

「ありがとうございます」

ロランは深々と頭を下げた。

「良いわよ。街の人たちが困っているなら、これも聖女の仕事だわ」

それに、ロランが困っているのだから。

私が力になってあげなくちゃね。

翌日の朝。
組合にロランと同行して向かう。
すでに話は通してあったらしく、他の冒険者にも伝わっていた。
組合でセシリーたちと合流したら、そのまま例の畑まで移動する。
到着した時には、魔物との戦いが始まっていた。
聞いていた以上に凄い量だ。
冒険者の方々が頑張って戦ってくれている。
「聖女様、お願いします」
「ええ、任せて」
聖女の力は、病や怪我を癒すだけではない。
時に魔を退け、悪を罰する光となる。
「主よ——我が同胞を守り給え。天の光よ、悪しき者たちを阻む壁となれ」
私を中心に光の結界が展開される。
半透明な壁に押し出されるのは、害をなす魔物のみ。
グラスホッパーだけを弾きだして、侵入不可能とする。
結界はさらに広がり、畑エリア全体を覆う。

「おぉー」

色々な方向から感心の声が飛び交う。

この結界は、私がいなくても一週間くらいは維持し続ける。

一か月なら、三回張り直せば問題ないと思う。

「さすがですね、聖女様」

「ふふっ、これくらいは当然よ」

実はちょっと疲れるけど、皆が褒めてくれるなら別に良い。

◇◇◇

その日は風が強く吹いていた。

窓ガラスが音を立てて、扉を開けると中にまで風が入ってくる。

祭壇で待つ私にも、扉からの風は届いていた。

「こんにちは聖女様、先生」

「はい、こんにちは」

「何かお困りですか？　よければこちらへお座りください」

一人の若い女性がやってきた。

ロランはいつもの調子で椅子に誘導しようと声をかけている。

だけど、女性は首を横に振る。

「じ、実は……今日は聖女様にではなく、先生にお渡ししたい物が」

「私にですか？」

「は、はい！　えっと、これを！」

女性が両手で大事そうに手渡したのは、袋に入ったお菓子だった。

中身はクッキーで手作りだという。

「ありがとうございます」

「はい。あの……中に手紙も入っているので、読んだら返事を頂きたいです」

「手紙ですか？」

「あっ、ここでは読まないでください！　出来ればお一人で」

彼女はモジモジしながらそう言った。

事情を察したのか、ロランは微笑んでから頷く。

その後、女性は教会を出ていった。

「何だったのかしらね？」

「さぁ、後で手紙を見ればわかると思いますが」

「今ここで見てしまえばいいじゃない」

「それは駄目ですよ。何やら私にだけ伝えたいことがある様子でしたので」

「そう……」

ロランの言い回し的に、内容を察しているのかしら。

私はわからなくて悶々とする。

気になるわ……。

それから夕方まで、ずっと手紙のことが気になり続けていた。

夕食を食べている時も、お風呂に入っている時も。

内容が何なのか知りたくて仕方がなかった。

「ねぇロラン、手紙は見た？」

「あーはい。さっき確認しましたよ」

「何て書いてあったの？」

「それはお教え出来ません」

「どうして？」

「手紙にもそう書かれていたからですよ。他言しないでほしい、聖女様にもって」

わざわざ名指しで書かれていたのね。

相当重要な内容だったに違いない。

それを聞いてしまったら、もっと知りたい気持ちが膨らんだ。

だけど、お願いしてもロランは見せてくれそうにない。

だったら……

夜中にこっそり覗くことにした。

ロランが手紙をキッチン近くの棚にしまったのは知っている。

他人に見せちゃダメと言いながら、自室にもっていかない不用心さには呆れるけど。

私が盗み見るなんて心にも思っていないんだわ。

「えっと、確かこの辺りに……あった！」

ロランが受け取っていた手紙だ。

とてもきれいな紙で、花柄の模様もついている。

中には一枚の紙が入っていて、その文章を読んだ途端、私は驚いて固まってしまった。

「こ、これ……」

「盗み見とは感心しませんね？　聖女様」

「えっ、ロラン？」

いつの間にか、私の後ろにはロランが立っていた。

呆れた表情で私と、手に持っている手紙を見つめている。

「いつからいたの？」

「今さっきです。トイレに行こうと思ったら、聖女様の声が聞こえたので」

「そ、そうなの……ねぇこれ」

「やはり中身を見たんですね？」

私は恐る恐るこくりと頷く。

勝手に見てしまって、怒られるかと思ってビクビクしていると――

「まぁ見てしまったものは仕方がないですね」

「怒らないの？」

「反省はしてくださいね」

「はい」

ちょっぴり怒っているみたい。

だけど、いつもより優しいのは、この手紙の所為？

「ロラン、この手紙って……恋文？」

「そのようですね」

あの女性が持ってきた手紙には、ロランに対する熱い想いが綴られていた。

見ていて赤面するような内容がずらっと書かれている。

よほどロランのことが好きなのだろうと、これを読めば誰でもわかるはずだ。

「どうするの？」

「どうとは？」

「返事のことよ」

「ああ」

モヤモヤする。

胸の辺りが苦しくて、心臓の鼓動がうるさい。

何だろう。

どういう名前の感情なのか、私にはわからなくて戸惑っていた。

そんな私に微笑みながら、ロランは答える。

「お気持ちは嬉しいですが、お断りしますよ」

「そうなの？」

「はい」

「……いいの？」

「言った通りですよ。気持ちは素直に嬉しい……ですが、恋愛感情を抱いていないのに、テキトーな返事は出来ませんから」

ロランはハッキリとそう答えた。

その日の夜は過ぎて、翌朝にロランは出かけていく。

手紙をくれた女性に会うために街へ向かった。


昨日の夜。

ロランが断ると聞いて、私はどこかホッとした。

もしかすると……私はそうなのかな？

自分でもわからない。

まだ、私の中には見つけていない感情がある。

そんな気がして、ずっとモヤモヤしたままだ。

◇◇◇

「へぇ～、ロランに恋文をね～。でも結局断ったのよね？」

「ええ」

「だったら別にいいんじゃない？　何かが変わったわけでもないのよ」

「そうなんだけどぉ……」

教会へ遊びにきたセシリーに、この間のことを話していた。

ロランは外に出かけている。

チェシャも一緒に行っているから、教会には私とセシリーだけだ。

「ねぇセシリー、ロランってあーいうことに慣れてるのかな？」

「ん、何でそう思うの？」

「だって、すごく落ち着いてたのよ」

王都にいた頃の彼は、女性と話すことが苦手な印象だった。

普段からあまり他人と関わるほうじゃなくて、私以外と親しそうに話している姿を見かけない。

当時はそれを心配していたのに、今ではちょっと複雑な気分になる。

この街に来てからというもの、新しい感覚ばかりが押し寄せる。

「前のロランなら、恋文なんて貰ったらもっとアタフタしてたのに」

「そうかしら？」

「絶対にそうよ。それなのに落ち着いてて、顔色一つ変えないから」

（それはたぶん、貴女のことしか考えてないからよ……）

セシリーは何かを言いたそうな顔をして、小さくため息を漏らす。

（けど、これってそういうことよね？）

「気になるのなら、直接ロランに聞けばいいんじゃないの？」

「えっ……」

「長く一緒にいるんでしょ？　それくらい聞けるわよね」

「う、う〜ん……」

それはちょっと恥ずかしい、と思った。

「気になるんでしょ？」

「そ、そうだけど」

「あーもう！　はっきりしないわね！」

そう言って、セシリーは勢いよく立ち上がった。

急に動くからビクリと驚く。

彼女は私の手を握って、強引に引っ張る。

「えっ、セシリー？」

「じれったいから直接聞きにいくわよ」

「直接!?」

「そうよ。今ならまだ仕事をしているはずだから、行けば会えるわ」

「ちょっ――」

セシリーは問答無用で教会から私を連れ出す。

私はされるがまま引っ張られて、ロランの所まで行くことになった。

ロランは今頃お仕事中だ。

仕事といっても冒険者のではなく、街の人にお願いされて、屋根の修理を手伝っている。

昨日に大嵐が街を襲って、そのときの影響で屋根の一部が剝がれてしまったらしい。

私の祈りでは物を直すことは出来ない。

だから、ロランが私に代わって街の人の悩みに応えてくれている。

「ほら！　もっとキビキビ歩く！」

「ちょっと待って、本当に行くの？　今から？」

「そう言っているでしょ」

「で、でもお仕事中よ。邪魔になってしまうかも」

「ちょっと聞くだけなんだから大丈夫よ」

何を言ってもセシリーは止まる気配がない。

私は観念して、彼女に連れていかれることにした。

そうして、街の洋服屋さんにたどり着く。

頼まれていた建物の上を見上げると、そこには誰もいなかった。

「おかしいわね。たしかここでしょ？」

「そう……だったと思う」

ロランの姿がない。

私とセシリーは首を傾げ、洋服屋さんの中へと入る。

「あら聖女様、こんにちは」

「こんにちは。あの……ロランはここにいないのでしょうか？」

「牧師様ですか？　さっきまでいらっしゃいましたよ」

「そうなのですね」

話を聞くと、ここでの作業は終わっているらしい。

終わったのはついさっきだと言う。

入れ違いになったのかと思ったけど、それなら道中ですれ違うはず。

少なくともロランは、教会に戻ってはいない。

「どこへ行ったかわかりますか？」

「さぁ、私には何もおっしゃいませんでしたので」

「そうですか……」

「あっ、でも確か、牧師様は女性の方と話されていましたよ？　その方と一緒にどこかへ行かれたはずです」

「じょ、女性!?」

思わぬ返答に動揺を隠せない。

詳しく聞いてみたけど、若い女性ということ以外はハッキリとしなかった。

どこへ向かったのかもわからない。

とりあえず方向だけ聞いて、私とセシリーはロランを探すことにした。

街は広く、人も多い。

そう簡単には見つからない。

と思っていたら、案外簡単に見つけることが出来た。

「いたわよ」

セシリーが指を差す。

洋服屋さんの言っていた通り、隣には見知らぬ女性が一緒にいる。

「本当に女の人と一緒ね」

「え、ええ……」

「もしかして恋文の人？」

「ううん、違う人」

だけど、知らない人でもなかった。

以前に一度だけ、教会に相談へ来たことがある人。

私ともロランとも面識がある。

と言っても、訪れたのは一度だけで、あれ以降教会には来ていない。

「何か話してるわね」

「そうね。でも、遠くて聞こえないわ」

ロランは真剣な顔で話したり、時折照れたりしている。

女性のほうも楽しそうに笑っていて、端から見れば仲睦まじい男女。

そう思った途端、私の胸がぐっと締め付けられるように痛くなって、思わず目を逸らした。


人には、周囲に見せていない顔がある。

それは誰にでもあって、当たり前みたいに見え隠れしている。

わかっているはずのことでも、見落としてしまうことは多い。

私にもあるし、ロランにもある。

わかっていたはずなのに、いざ直面すると動揺を隠せない。


ロランと彼女が立っているのは、アクセサリーを売っているお店の前だった。

話が終わったのか、二人はお店の中へと入っていく。

「ここからじゃ見えないわね。もう少し近づきましょう」

セシリーがそう言って、お店の横まで歩いていく。

私はその後に続いた。

お店は大きなガラスで中が見えるようになっている。

本来は商品を眺めるものだろうけど、今の私たちは人を観察していた。

「何か選んでるわね。何かしら？」

私は目を凝らしてよーく覗き込んだ。

二人が見ているショーケースには、キラキラと光る何かが並べられている。

その何かは小さくて、ハッキリとは見えない。

ロランが店員を呼んだ。

店員がショーケースを開き、中の商品を直接見せる。

ショーケースから出したことで、私たちにも見えるようになった。

「あれって……」

「指輪？」

ロランが見ていたのは指輪だった。

私は思わず言葉を失う。

予想の遥か上を行き過ぎて、頭が追いついていない。

指輪を見ているなんて、私の知っているロランだったらあり得ないとすら思う。

それくらい意外で、衝撃的な光景だった。

何より……

「楽しそうね」

ロランと彼女は、仲良く笑いながら話している。

それを見てしまったら、こうしている自分が惨めに思えて、身体がしびれていく感じがした。

「セシリー、帰りましょう」

「フレメア……いいの？」

「うん。邪魔をしては悪いわ」

私がそう言うと、セシリーは申し訳なさそうに目を伏せる。

帰り道は、互いに何もしゃべらないまま、ゆっくりと歩いていた。

「聖女様、ただいま戻りました」

「ええ、お帰りなさい」

教会に戻ってしばらくすると、ロランが帰宅した。

それに合わせてセシリーが出ていく。

「フレメア」

「何？」

「……ううん、何でもないわ」

セシリーは何かを言いかけて、途中で止めて去っていった。

何を言おうとしたのか、後になってもわからない。

それから時間が過ぎて、夕食時になる。

いつもは楽しい食事も、今日はあまりすすまない。

ロランは心配そうに言う。

「聖女様、どうかなさいましたか？」

「大丈夫よ」

「ですが、あまり食事がすすんでいないようですが」

「今日はちゃんと起きていたから、眠いだけよ」

普段通りに戻そうと頑張ってみる。

すると……、
ロランに心配をかけないように、私は無理やりな笑顔を見せた。

「やはり体調が優れないのでは？　無理はなさらないでください」

「そんなことないわ」

「いえ、確実に普段と違います」

ロランはそう言い切った。

私のごまかしなんて、彼には全然通用しない。

ずっと一緒にいたから、些細な変化にも敏感に気づいてくれる。

この優しさが、私以外にも向けられていると思うと、無性に胸が痛くなった。

「そうね。ちょっと休むわ」

私は久しぶりに、ロランの食事を残した。

さっとお風呂にだけ入って、自分の部屋へと入る。

時間はまだ早い。

休むとは言ったけど、眠気はまったくなかった。

むしろ眼が冴えていて、当分は眠れそうにない。

「いつも通りに……じゃないと、ロランが心配する」

私は自分に言い聞かせる。

今日は無理でも、せめて明日からは普通に戻ろう。

そう思いながら、無理やり眠ろうと目を瞑る。

中々眠れない。

目を閉じて真っ暗な視界に、昼間の光景が映し出されているようだ。

楽しそうに話す二人。

思い出したくなくても、勝手に脳裏によぎる。

トントン——

「聖女様」

「ロラン？」

突然、ロランが扉をノックした。

私は慌てて起き上がり、ベッドの端に座る。

「お休みの所すみません。少しだけいいでしょうか？」

「え、えぇ」

「失礼します」

ロランが部屋の中に入ってくる。

心の整理が終わっていない私は、彼の目を見ることが出来ない。

「どうしたの？」

「実は、聖女様にお渡ししたいものがありまして」

「私に？」

「はい。本当は明日に渡すつもりだったのですが……」

そう言って、ロランは綺麗な箱を取り出した。

「これは？」

「聖女様へのプレゼントです」

「え、私に!?」

「はい」

綺麗な箱をパカッと開けると、中には桃色の宝石で彩られたネックレスが入っていた。

私はそれを見て、驚きで声も出ない。

しばらくして、私はロランに尋ねる。

「ど、どうしてこれを？」

「覚えていらっしゃらないかもしれませんが、明日は私が、聖女様の騎士になってからちょうど八年の日なんですよ」

「え、あっ、そういえば……」

「私にとっては特別な日でした。だから、聖女様に何か贈り物をしたいなと。ですが、贈り物に関して私は素人だったので、知り合いに相談して選んだんですよ」

それを聞いて理解した。

あの時、楽しそうに話していた内容。

きっとそれは、全部私のことだったんだと。

「何やら落ち込んでいらっしゃる様子だったので、少しでも元気になっていただければ……聖女様？」

恥ずかしい。

とても恥ずかしくて、顔が沸騰しそう。

理由とか経緯を知った途端に、これまでの自分に耐えられない。

いいや、それ以上に――

「ありがとう。とっても嬉しいわ」

それ以上は言葉に出来ないくらい、心が熱くなっていた。

やっぱり彼はロランだ。

いつも私のことを一番に考えてくれて、私が喜ぶことを探している。

このとき私は、自分の中にある言葉に表せない感情に気付いた……と思う。

第十章　魔物の軍勢

朝は弱いほうだと自覚している。

目覚めてからしばらくの間は、あまり頭が働いていない。

だけど、今朝は少し違っていた。

窓から差し込む日差しで目が覚めて、ぐっと大きく背伸びをする。

ふと、テーブルの方へ視線を向けると、自然に表情が綻んでしまう。

「ふふっ」

そこには、ロランから貰ったネックレスが飾ってあった。

私はベッドから起きて、ネックレスを手にとる。

お祭りで見た花のようにピンク色の宝石が、朝日を反射してキラキラと輝いている。

今までも、男性からのプレゼントは貰ったことがある。

特に王都にいた頃は、毎日のように贈り物が届いていた。

高価な宝石もあったし、手作りの人形なんていう可愛らしい物もあった。

でも、今までに貰ったどんな贈り物よりも、ロランから貰ったこのネックレスが一番嬉しい。

こうして身につければ、いつでも一緒にいるみたいに感じて安心出来る。

まるで、彼に抱きしめられているような錯覚も――

「聖女様？」

「え、ロラン!?」

いつの間にか、本人が隣に立っていた。

私は驚きすぎて倒れそうになる。

ロランが手を伸ばし、引っ張り上げて抱き寄せる。

「大丈夫ですか？」

「……はい」

ロランの顔が近い。

彼は普段通りに優しく微笑む。

たったそれだけで、私の心臓が激しく鼓動をうつ。

「ノックはしたのですが、返事がなかったので勝手に入ってしまいました。申し訳ありません」

「い、いいのよ別に。ありがとう」

姿勢を戻して、ロランが私の手を離す。

少し名残惜しさを感じるけど、ずっとつないでいたら気がもたない。

ロランが私の胸元に気付く。

彼の視線は、ネックレスに向けられていた。

「ネックレス、着けてくれているんですね」

「も、もちろんよ！　せっかく貰ったプレゼントだもの」

「そう言っていただけると嬉しいです」

ロランは嬉しそうに微笑んだ。

その笑顔にキュンとして、私は彼から目を逸らす。

恥ずかしい。

普段通りに接しているはずなのに、彼の一言が気になって仕方がない。

しばらく冷静さを保てそうにないわ。

で、でも一つだけ確認しておかないと……。

「似合っているかしら？」

「はい。とてもお似合いです」

「そ、そう。なら良かったわ」

私も嬉しくて笑顔になった。

プレゼント一つでこんなにも心が揺れ動くなんて、今までになかったと思う。

ようやく気付けた自分の気持ちに、身体が勝手に反応してしまっているのかもしれない。

その後はいつも通り。

服を着替えて、朝食をとって、教会の祭壇で待つ。

いつもと違うのは、私の気分だけ。

自分で言うのもなんだけど、私はあまり働くということが好きじゃない。

聖女として振る舞うことも、自分を偽っている気がして疲れる。

そういうのは全部もったまま、今日はとってもやる気が出ていた。

◇◇◇

きっかけは些細なことだった。

いいや、きっと善意が元だと思う。

多くの人が困っていたから、何とかしたいと思った。

彼女の力に頼ったのも、それが最善の手だと考えたからだ。

だが、今となっては逆に考える。

あの時……彼女の力を見せてしまったことは、最悪の手だったと後悔する。

「今の話って本当なのか？　マッシュ」

「ああ。情報屋から仕入れた新鮮ピッチピチの情報だぜ。間違いねーよ」

「私たちもさっき知って驚いたわ」

「驚異的……数とかいろいろ」

数千の魔物が一つの集団を作り、どこかへ向けて侵攻している。

組合はその噂でもちきりだった。

俺もマッシュから情報を聞くまで知らなかったが、どうやら本当のことらしい。

しかも、何より驚愕したのはルートだ。

「このままいくと、確実に俺たちの街を通過するってよ」

「ああ……そこが一番の問題だな」

目的は定かではないが、魔物の軍勢がこちらへ向かっている。

種類もそうだが、数千という数は絶望的だ。

この街にいる冒険者なんて、せいぜい五百人程度だぞ。

「組合は？　このことを知っているのか？」

「そりゃー知ってるだろ。まだ公表はしてねーけど、裏で他の街の冒険者に招集かけてるって噂だぜ」

「そうか……」

「それとこいつは不確定な情報なんだがな？　魔物の大群を指揮してんのが、魔王軍の幹部かもしれねーってよ」

魔王軍という単語に俺は動揺した。

行動にこそ出なかったが、表情には表れてしまっていただろう。

魔王とは、悪魔たちの親玉でありこの世界で最強の存在。

人間が暮らす大陸の西側。

魔界と呼ばれている大陸があって、魔王を含む悪魔たちが暮らしている。

魔王は支配欲の塊だ。

こちら側の大陸へ侵攻し、国や集落を乗っ取ろうとしている。

現在でも、大国が魔王軍と激しい戦闘を繰り広げているという話を聞いた。

「今さらおかしいわよね。こんな辺境に魔王軍が来るなんて」

「俺もそう思うぜ。まぁたぶん、こっちは単なる噂だろうけどな」

「でも、だったら誰が指揮してるのかな？　魔物が何千も群れるなんて……異常」

ルナの言う通りだ。

魔物は本来、同じ種族以外で群れることはない。

主従関係を築く場合もあるが、それは小規模にとどまる。

数千という数で群れを成すなど、自然界ではありえないことだった。

強大な力を持つ何者かが指揮しているのは確実だろう。

「まっ、今は何も出来ねーしな！　そのうち組合から招集がかかるだろ」

「そうね。いつも通りいきましょう」

「うん」

「……」

「ん？　ロラン？」

「あ、ああ、そうだな」

考えられる中で最悪の展開。

俺の頭の中では、その光景がイメージされていた。

もしもこのイメージが現実となったら、俺はもう……聖女様の傍にはいられないかもしれない。

この三日後、組合から正式に発表があった。

魔物の軍勢が大規模な侵攻を続けている。

目的は不明だが、ルート上にユーレアスの街があり、最短で五日後には衝突すると思われる。

数は確認されているだけで三千以上。

大型の魔物も複数確認されており、現状の戦力では不十分と判断。

最悪の場合を考慮し、本日より住民へはルート外へ退避勧告を発令する。

◇◇◇

「三日後に大規模な作戦が予定されています」

「セシリーから聞いたわ。街に到達する前に、渓谷で迎え撃つんでしょ？」

「はい」

知らぬ間に、とんでもないことになっていた。

私がそれを知ったのは、避難勧告が出される少し前のこと。

セシリーが教会に訪れ、事情を先に説明してくれた。

「ロランも参加するのよね？」

「はい」

「セシリーたちも一緒？」

「その予定です」

「そう……勝算はあるの？」

「確実なことは言えません。何せ数が数ですので」

三千を超える魔物の軍勢。

私たちの街にいる冒険者が、それほど多くないのは知っている。

近隣の街から援助を募っているという話だけど、それでも足りないのは私でもわかる。

厳しい戦いになるはずだ。

「今日中に準備をしますので、聖女様は明日にでも避難を――」

「いいえ、私も残るわ」

「なっ……何を言っているのですか！」

ロランが大きな声を出した。

怒っているような声で少し怖かった。

だけど、私は力強い口調で言う。

「私の力なら、街を守ることが出来るわ。傷ついた人たちの治療も……その方が勝てる可能性は高くなるでしょう？」

「そ、それは確かにそうですが危険すぎます！」

「その危険な場所に、ロラン一人を向かわせるなんて嫌よ」

ロランが強いことは知っている。

私を第一に考えて、安全な場所にいてほしいと思っていることも。

だけど、私だってロランのことが心配なの。

もしものことがあって、二度と会えなくなったら……そう思ったら、じっとなんてしていられない。

「それに、私はこの街の聖女だもの。皆を守るために身体を張ることくらい、聖女なら当然のことだわ」

「で、ですがもし……聖女様に何かあれば……」

「大丈夫よ。だって、貴方が守ってくれるでしょ？」

私はそう言って微笑んだ。

我ながらずるい一言だと思うけど、心の底から信じている。

それを伝えたくて、私は精一杯の笑顔を見せた。

ロランが深呼吸をする。

腹を括ったらしく、彼は私に決意を示す。

「わかりました。この身に懸けて、聖女様をお守りします」

「ええ、私も頑張るわ」

この街と、貴方を守るために。


魔物の群れが押し寄せているという情報は、ユーレアスの街に大きな混乱を引き起こした。

急いで荷物をまとめ、早々に旅立つ者も多い。

一部の組合関係者からは、街を放棄するべきだという意見も出ていた。

そこへ飛び込んだ聖女の参加は、彼らにとっては吉報だったらしい。

数という圧倒的不利な状況を覆す切り札。

聖女の力を起点に、作戦は立案されることに。

そして――

三日という猶予は、あっという間に過ぎる。

「いよいよね」

「はい。最後に確認しますが、本当によろしかったのですか？」

「当然よ。それに今さら遅いわ」

魔物の群れは、ユーレアス西の渓谷まで迫ってきている。

私とロランは作戦エリアまで移動していた。

近隣の街から集められた冒険者を含め、参加者は千人を超えている。

予想より支援が得られた方だと組合員は言っていたが、それでも戦力差は歴然。

通常ならば勝ち目はゼロに等しい。

だからこそ、聖女の力がカギになる。

「今回の作戦は、聖女様への負担が大きい。私としては心苦しい限りですが」

「仕方ないわ。それに戦うのはロラン、貴方たちなのよ？　結局大変なのはお互い様だわ」

渓谷には事前に罠が多数仕掛けられている。

それを段階的に使用して、群れの侵攻を制限する。

相手は三千を超える大群。

一斉に押し寄せられては対処も出来ない。

罠はそうならないための時間稼ぎで、本陣は聖女の結界内で戦いを挑む。

聖女の結界には種類がある。

以前にバッタの魔物を追い払ったのは、魔物の侵入を防ぐ結界。

今から発動させるのは、攻撃のみを弾く結界。

ただし侵入した魔物の能力を低下させ、味方の力を増幅させる効果を持っている。

結界内であれば、天の加護を受け続けることが出来る。

「でもその結界も破壊されたら終わりでしょ？」

「ええ」

セシリーの言う通り、結界も破壊されたら終わり。

完全に破壊されなければ修復も可能だけど、それだけ体力と気力を消耗する。

私が限界を迎えたら、結界は維持出来ない。

「時間との勝負になるわ」

「なるほどね」

「んじゃ、その間は何としても聖女様を守らねーとな」

「うん。そのためにいる」

私の護衛には、専属でロランのパーティーが付くことになっている。

彼らが私を守っている間に、他の冒険者たちが魔物を殲滅していく。

「総員準備してくれ！　魔物がラインを越えるぞ！」

一報が入り、場に緊張感が高まる。

最初の罠が発動した音が、遠くの方からこだまして聞こえてきた。

「聖女様」

「ええ」

私は手を握り、地に膝をついて祈りを捧げる。

「主よ――我が同胞を悪しき者たちから守り給え」

主の御業をここに。

穢れた魂を決して許さず、正しき生を守る。

祈りは天に届き、真っ白なヴェールが私を包み込む。

「光よ、恵よ、強き誓いを示し給え！」

白いヴェールは一気に広がる。

結界は最大の広さで展開され、冒険者たちと魔物の一部を覆う。

「おぉ～」

「身体が軽いわ」

「こいつは良いな。見ろよあれ」

結界内に取り込まれた魔物が、その場でぐったりと倒れ込んでいる。

弱い魔物であれば、結界の中で動くことすら出来ない。

圧倒的不利は、圧倒的有利に逆転する空間。

それこそが聖女の力、希望の光が戦う者たちの目に火をともす。

「行くぞてめーら！」

兵《つわもの》どもが戦場を駆ける。

剣を振るい、矢を放ち、魔法を唱える。

魔物は次々に殲滅されていく。

際限なく湧き出る魔物を、冒険者たちは猛撃して減らす。

「でかいのもいるぞ！　気ーぬくなよ！」

トロール、ギガントバイソンといった大型の魔物も複数確認されている。

弱い魔物と違って、彼らは結界内でもある程度は動くことが出来るようだった。

「ルナ、私たちも援護するわよ」

「うん」

遠距離で戦えるセシリーとルナは、護衛を継続しながら前衛の援護をしている。

ロランとマッシュは、私に接近する魔物を倒す。

「ロラン！　そっち行ったぞ」

「わかってる」

「どんどん来やがるな～、終わりが見えねーよ」

「文句を言うな。いずれ終わる」

結界に衝撃が走る。

魔物の一部が外から攻撃を加え、結界を破壊しようと試みている。

「やっぱそうきたか」

「聖女様」

「私なら大丈夫よ、ロラン」

多少壊されてもすぐに修復させられる。

一度に大きく破壊されない限り、この結界は破れない。

私が扱える結界の中で、一番強くて頑丈だから。

「結界に攻撃する魔物を倒せ！　遠距離班は外を優先しろ！」

指示が飛び交い、戦いはさらに激化していく。

私は結界を発動している間、一歩たりとも動くことが出来ない。

祈り続けなければ、この結界は維持出来ないから。

「みんな……頑張って」

皆が魔物を倒し終わるまで、何としても祈りを続ける。

それだけが、今の私に出来ること。


戦闘開始から三十分。

魔物の群れは着実に殲滅が進んでいる。

対してこちらの被害は軽微。

結界内で受けた傷は、軽傷であれば瞬時に回復する。

即死級の攻撃を受けない限り、この結界の中で死ぬことはない。

だからこそ、彼らも臆さず戦うことが出来ていた。

「思ったより余裕だな」

「だからって油断しちゃダメよ」

「わかってるって！　セシリーこそ援護さぼんなよな」

「誰に言ってるのかしら？」

マッシュとセシリーの軽快なトークが聞こえる。

「仲がいい」

「まったくな」

それを見て小さく笑うロランとルナ。

激しい戦いが続く中でも、彼らの表情には余裕がある。

他の冒険者たちも互いに助け合い、励まし合いながら戦いを有利に進めていく。

見る限りは順調。

このまま経過すれば、いずれ群れの殲滅は終わる。

「……妙だな」

「何だ？　ロラン」

「群れを指揮するボスがいない」

「あぁ～、確かにいねーな。こんだけの大群なら、悪魔の一人でもいそうなもんだが」

「俺もそう思うよ」

ロランとマッシュの会話が聞こえてきた。

悪魔という言葉を口にしたロランは、とても怖い顔をしていた。

怒っている時とも違う顔で、私は少し怖かった。

その時——

巨大な何かが結界に衝突する。

轟音と地響きが戦場全体に伝わり、冒険者たちが浮き足立つ。

「な、何だ今の!?」

「おい！　あれ見ろよ！」

一人の冒険者が気付き、そこへ指を差す。

見上げた先の結界には、ぽっかりと大きな穴が開いていた。

唖然とする冒険者たち。

「っ……」

「聖女様！」

ロランが私に駆け寄ってくる。

「大丈夫よ！　それより……」

「はい。やはり居たのか」

当然ながら、さっきのは自然現象ではない。

敵の攻撃だった。

それも今までとは段違いに強力な一撃。

衝撃が走る直前に、私たちは膨大な魔力の揺らぎを感じ取っていた。

ロランが視線を向ける。

マッシュたちも、それに合わせて武器を構え、睨むように見つめる。

「おやおや、これは驚きましたね～」

その男は……いや、その悪魔は優雅に歩く。

「完璧に破壊するつもりで放ったのですが、存外頑丈なようだ」

「おい、ロラン」

「ああ……間違いない。あいつが群れを指揮している悪魔だ」

頭から生える二本の角。

背中には蝙蝠《こうもり》のような羽が生え、尻尾は粗くノコギリのように鋭い。

肌の色、眼、手や足といった細部まで、人間に近いが全く異なる生物。

悪魔とは、この世で最も魔法に愛された種族。

この世とあの世の狭間で誕生し、人類とは異なる発展を遂げ、文明を造り上げた存在である。

「面白い結界ですねぇ～。出入りを阻まない代わりに、内部での行動を制限するとは」

悪魔はスルリと結界に入り込む。

平然とした表情で歩き、こちらへと近づいてくる。

「あ？　何だあいつ？」

「注意しろ！　そいつは悪魔だ！」

ロランが叫んだ。

近くにいた冒険者が反応し、悪魔に向けて武器を向ける。

「おや？　私と戦うおつもりですか？」

「へっ！　一人で来るとか馬鹿な奴だぜ！　こん中じゃ満足に動けないだろ！」

「う～ん～、確かに！」

刹那――

「この程度が限界ですね」

視界から消えた悪魔が、瞬きが終わった頃に見える。

その光景を目にして、背筋が凍るような寒気を感じる。

さっきまで立っていた人たちが、バタバタと倒れていた。

血を流し、呼吸を荒らげて、瀕死に陥っている。

「おっと、自己紹介を忘れていましたね？　私は魔王軍幹部の一人、名をアモンと申します」

魔王軍……幹部？

アモンはニヤリと笑みを浮かべる。

「マッシュ！」

「おう！」

ロランとマッシュが飛び出す。

セシリーとルナが援護のため武器と魔法を準備する。

「ほう、貴方方は中々の手練れですね」

「聖女様に近づけさせるな！」

「おうよ！」

前衛で戦う二人の攻撃を、アモンは優雅に躱す。

魔法による砲撃も、弓による狙撃も簡単に回避され、軽くあしらわれてしまう。

「ですが、私には及びませんね」

「ぐっ！」

「くっそが……」

「ロラン！」

吹き飛ばされたロランに叫びかける。

マッシュは地面に叩きつけられ、セシリーとルナも吹き飛び倒れる。

一瞬の出来事で、状況の整理も追いつかない。

だけど、私は祈りを止めることは出来ない。

魔物との戦いは継続している。

ロランたちの安否を確認したい気持ちを一心に抑え、私は祈りを続ける。

「さて、貴女が聖女と呼ばれている人間ですね？」

「……」

「そう怖い顔をしないでください」

「皆は傷つけさせない。私が……守る」

アモンは不敵に笑う。

「ご安心を。私の目的は、最初から貴女だけです」

「……どういうことですか？」

「言葉通りの意味です。私は貴女を殺すために、魔物を率いてこの地にやってきたのですから」

「えっ……」

言っている意味がわからなかった。

どうして私を？

疑問の答えは、すぐに悪魔の口から聞こえてくる。

「貴女の力は脅威的です。我々悪魔にも有効な力は、いずれ必ず障害になる。ですので、先に排除しておこうと思いました。ここへ来たのも、それが目的です」

そ、それってつまり……、

「そういえば先ほど、守ると聞こえましたね？　残念ながら逆ですよ。貴女がいたから、彼らは傷つき倒れているのです」

自分の勘違いに気付く。一気に全身の力が抜け、駆け抜ける喪失感が襲う。

「私の所為で……」

「そうです。貴女がいたから、多くの人間が死んでしまう」

悪魔の言葉が頭に響く。

私の存在が彼らを呼び寄せてしまった。

傷つき倒れている人たちは、私を守ろうとしてくれた。

一緒に戦って、信じてくれていた人たち。

私も守りたかった。

それなのに……本当は、私が全部悪かったんだと知ってしまった。

悪魔の狙いは最初から私で、私さえいなければ、こんなことにはならなかった。

「ごめんなさい……」

「言葉による懺悔など無意味です。貴女の罪は、死をもってしか償えません」

「私が死ねば……みんなは助かるの？」

「ええ、私は優しいので、貴女の命一つで許しましょう」

「……」

私が死ねば、みんな死ななくて済む。悪魔の言葉に耳を傾けて、砕けそうになる弱い心が揺らぐ。

聖女としてみんなを守る。そのために私は、この戦場へ出て来たけど、全部私の所為だったというのなら、責任をとるべきなのかもしれない。

でも……怖い。頭では自分の所為だとわかっていて、みんなを守るためなら命だって懸けられるつもりでいた。

それでも、実際に目の前で死の恐怖を体感してしまうと、身体が思うように動かない。

「どうしたのです？　貴女は聖女なのでしょう？　人間を守り導くのが貴女の使命なら、命一つくらい懸けられて当然でしょう？」

「私は……」

「それとも、数人殺さないとわかりませんか？」

殺気で周囲がピリつく。

「ま、待って！　誰も……殺さないで」

「ならばわかっていますね？　貴女が選択するべきことは」

そうか。そうだよ。

私が命を差し出せば、ここにいる皆は助かるんだ。

冷静な判断は出来ていない。

絶望と後悔に挟まれて、言葉を真にしか受け止められなくなっていた。

悪魔はニヤリと笑い、私の頭上に手を伸ばす。

瞳から落ちる涙を感じながら、私は最後の言葉を口にする。

「では、さようならです」

ごめんなさい。

「――ロラン」

悪魔の腕が振り下ろされた。

しかし、いつまで経ってもその瞬間は訪れない。

閉じていた眼を開ける。

そこには――

「くっ……貴方は――」

「ロラン？」

私の知らない彼がいた。

◇◇◇

何をやっている？

目の前で、大切な人が悲しんでいるぞ。

お前の役目は何だ？

守ることじゃないのか。

誓ったはずだ。

何があろうと、彼女を守り抜くと。

恐怖など感じさせるな。

悲しみなど彼女には似合わない。

笑っていてほしいから、俺が代わりに傷つけばいい。

立ち上がれ。

たとえこの先、彼女の隣にいるのが自分じゃなくとも……。

忌み嫌われようとも、失う地獄を否定しろ。


「聖女様から離れろ」

「うっ――」

重い一撃を食らわせる。

吹き飛んだアモンは空中で一回転して、華麗に地面へ着地する。

顔を上げ、俺を睨むその表情には、疑いの心がにじみ出ていた。

「ロ……ラン？」

「はい」

聖女様の声は、いつもより小さく疑問形だった。

仕方がないだろう。

だって、彼女が見ている俺は、彼女が知らない俺の姿だから。

頭の左側から生える角と、全身からあふれ出るどす黒いオーラ。

人の形をしていながら、人ではない者の魔力を放つ。

立ちふさがった脅威と姿が重なる。

その場にいた誰もが、俺の姿を見て動揺する。

「なぜ……」

ただ一人、正体を知る者を除いて──

「なぜ貴方がここにいるのです！　先代魔王の息子──ベルゼビュート四世！」

「……」

「魔王の……息子？」

場に衝撃が走る。

ずっと隠していた事実が明るみになる。

これでもう、俺は聖女様の傍にはいられないだろう。

いや、今はそれより優先すべきことがある。

「チェシャ！」

「お呼びっすか？　若様」

どこからともなくチェシャが現れる。

彼女は人間の姿になり、聖女様の前に出る。

「聖女様をお守りしろ。最優先事項だ」

「了解っす！」

「化け猫……貴女もそちら側ですか」

「お久しぶりっすね～、そりゃー当然っすよ」

チェシャはニヤリと笑う。

「ウチの魂は、若様と共にあるっすからね」

「ふっ、そうでしたね」

アモンは呆れたように微笑む。

チェシャは聖女様の隣に歩み寄って、手を差し伸べながら言う。

「立てるっすか？」

「……」

「ありゃ～、聞こえてないっすね」

聖女様の視線は、ずっと俺に向けられている。

説明を求めているような顔だ。

突然に突き付けられた事実に、身体と心が追いついていないのだろう。

余計な心配をかけて申し訳ないと思う。

「説明は……必要ならば後でします」

「……」

「チェシャ」

「任せるっすよ」

チェシャは聖女様を守るために再び姿を変える。

人間でも猫でもない。

魔物すら食らう大きくて恐ろしい獣に。

二つに分かれた尻尾と、虎よりも鋭く大きな牙をもつ。

これこそ猫又である彼女の本性。

「負けちゃダメっすよ！」

「ああ。ありがとう、チェシャ」

これで戦いに集中出来る。

今まで攻撃してこなかった相手に視線を向けると、眉間にしわを寄せ俺を睨んでいた。

「どういうことです？」

「何がだ？」

「貴方は死んだはずだ」

「見ての通り俺は生きている。幻術でもなければ別人でもない。それはお前が一番よく理解しているはずだが？」

「……」

上位の悪魔である彼が、放たれる魔力を間違えるはずがない。

時間が経過し成長した姿とは言え、彼の目に映る情報は、俺をベルゼビュートだと告げている。

「なるほど、確かに貴方は私の知る人物のようだ。ですが、だとしたら失望しましたよ。人間の……あろうことか聖女の味方をしているとは」

「忘れたのか？　俺の半分は人間だ。その俺が、人間側につくことを間違いだとでも？」

「いいえ、ただ……貴方の存在そのものが間違いなのです」

アモンは不敵に笑い、複数の魔法陣を展開させる。

「やはり先代と変わらない。軟弱な思考の持ち主は、ここで確実に排除しましょう」

「俺に勝てるつもりか？」

「当然ですよ。先代魔王の血族と言っても、所詮は混血《ミックス》。人間という不純物の混ざり合った存在にすぎない。純粋な悪魔である私が、負けることなどありえませんよ！」

魔法陣から放たれる無数の砲撃。

上位悪魔の魔法は、一撃で都市を壊滅させられる威力を持つ。

手加減していた先ほどまでとは違う。

一撃でも食らえば、その時点で致命傷となるだろう。

ただし、当たればの話だが――

「不純物……ね」

「馬鹿な！　相殺しただと？」

大きな舌打ちを響かせ、アモンは武器を取る。

デスサイズと呼ばれるその武器は、魔力を吸収して切れ味を強化出来る。

岩だろうと地面だろうと、野菜を斬るみたいに真っ二つだ。

対する俺は剣を持つ。

先代魔王である父の形見。

この世で最も忌むべき一振り。

その名は、魔剣レーヴィア。

魔剣と大鎌。

強靱な刃がぶつかり合い、振りぬけば地形も変わる。

壮絶な戦いの最中、アモンは苦渋の表情を浮かべる。

「くっ、こんなことがっ！」

「確かにお前の言う通り、俺は純粋な悪魔じゃない。ただ――」

魔剣は大鎌ごと砕き、アモンの胸を貫く。

「だからって、俺の方が弱いわけじゃないんだよ」

「がっ……」

俺が剣を引き抜くと、傷口から大量の血が流れる。

ぽっかりと空いた穴から、向こう側の景色が見える。

もはや聖女様の力でも治癒は叶わない。

自らの死期を悟ったのか、アモンは小さく笑う。

「まさか……こんな所で終わるとは」

「気にするな。いずれ全員をそっちに送る」

「はっはっはっ！　そのセリフは魔王らしいですね～。では、楽しみにしていますよ」

そう言って、アモンはどさりと倒れ込む。

死した悪魔の肉体は消滅し、跡形も残ることはない。

アモンの身体も徐々に崩壊して、風に舞う砂のように消えていく。

戦いは終わり、勝者だけが残る。

こんなにも虚しい勝利を体感したのは、生まれて初めてかもしれない。

勝ったというのにスッキリしない。

おそらく待ち受けるであろう現実に、心が追いつけない自信があった。

俺は武器をしまい、徐に後ろを振り向く。

「聖女様、お怪我はありませんか」

「……」

返事はない。

見た所、目立った外傷はないようだ。

戦いの衝撃からは、チェシャが身体を張って守ってくれていた。

チェシャにも怪我はない様子。

一先ずは安心出来る。

「説明は必要ですか？」

「……そうね」

「なら場所を変えましょうか」

「いいえ、ここで良いわ。今すぐに聞きたい」

「……そうですか。長くなりますが？」

「良いわ」

聖女様の目が訴えかけてくる。

もう言い逃れは出来ない。

ごまかしようのない光景を見せてしまったから。

そうして俺は語る。

自分という存在の全てを。

ずっと隠し続けてきた過去を――

◇◇◇

二十年ほど前。

魔界は今よりも平和で、人間たちの暮らしと大差はなかった。

最初から悪魔と人間は争っていたわけではない。

特に当時の魔王は、人間に対しても平等に接し、共に生きていく者として敬意を払っていた。

「なりません！　王である貴方が、人間の娘を娶《めと》るなど」

「何が悪い？　貴様もまだ、人間を下等な生物だと言うのか？」

「そ、そこまでは……ですが！　部下たちには人間を快く思わない者も多い！」

「我は魔王だ。その時は、力をもって示そう」

魔王ベルゼビュート三世。

彼は人間を愛し、人間の女を妻にした。

一部の幹部からは反対されたが、一切譲ることはなかったという。

その話を聞いたのも、俺が生まれて五年が経った頃だった。

「ベル、こっちにおいで」

「母上！」

俺の母カリューナは、人間でありながら優れた魔法の才能を持っていた。

その才能は、上位の悪魔すらしのぐほど。

「母上！　どうして父上とけっこんしたの？」

「ん？　そうね〜、何でかしら？」

母上は恥ずかしそうに微笑んだ。
後から聞いた話になるけど、最初は二人とも敵同士だったそうだ。
悪魔と人間は種族的にも仲が悪い。
今でこそ友好的に接しているが、父も若い頃は人間を下等生物だと見下していた。
魔王らしく、人間を支配しようと考えていたらしい。
だけど、その折に母と出会った。
何度も戦い、しのぎを削ったことで、互いの理解を深めていく。
人間は決して弱い生き物ではないこと。
時に儚く、美しい存在なのだと知り、母に惚れ込んだという。
強くて優しい母。
格好良くて頼りになる父。
穏やかな時間、平和な日常。
当たり前みたいにくる明日を、いつも楽しみにしている。
幸せだった。
心からそう思える。
だが、そんな幸せは長く続かなかった。
「すまない……カリューナ」
「母上……うわあああああああああああ」

母カリューナが病死した。

突然のことで、俺も父も動揺を隠せなかった。

優れた魔法でも、病を完治させることは出来ない。

俺たちは無力を痛感させられ、悲嘆の中にいた。

悲劇はこれで終わらない。

母の死の数日後、幹部たちによるクーデターが勃発する。

「人間に与《くみ》する者など真の魔王ではない！　我々悪魔は上位の存在なのだ！」

「王を殺せ！　人間の混ざりものも許すな！」

全ては彼らの計画だった。

母の死も、クーデターを引き起こすための準備に過ぎない。

部下たちの不満が溜まり、爆発寸前まで至っていたことを、俺たちは気付けなかった。

「ベル！　こっちへ！」

「父上！　なぜ戦わないのですか！」

父は魔王だ。

圧倒的な力を持ち、一人で幹部たちを相手取るなど造作もない。

だが、父は戦おうとはしなかった。

理由は一つ、父が優しすぎたからだ。

裏切られてもなお、同胞である彼らを殺めることに否定的だった。

「これに乗っていくのだ。人間たちの大陸にいけば、彼らも追ってはこない」

「嫌だ！　父上と一緒にいる！」

「ならん。彼らの目的は我だ。我を討つまで彼らは止まらない」

「俺はどうすればいいの？　一人は嫌だよぉ」

「ベル……すまない。お前は自由に生きるのだ。悪魔としてでも良い、人間としてでも……どちらを選ぶ必要すらない。ただ、好きなように生きてくれ」

「で、でも！」

父は眠りの魔法を使った。

薄れゆく意識の中で、父は優しく微笑む。

「強く生きろ。お前ならきっと大丈夫……我と母の子なのだからな」

それが最後の言葉だった。

父は俺を眠らせ、強引に船を出してしまう。

その後に父がどうなったのか。

誰かに聞く前に、俺は知っていたのだと思う。

目が覚めた時、見知らぬ土地にいた。

船は海岸に打ち上げられている。

誰もいない。


周囲を見渡しても、人の気配はない。

自分が生きていること。

追手が来ないこと。

そして何より、父の姿がないことが、悲しい結末を物語っていた。

俺はひたすらに泣いた。

泣くことくらいしか、やれることもなかったから。

涙が涸れた後は、何も考えずに歩いていた。

どこへ向かうわけでもない。

ただ歩き続けて、知らない土地を巡った。

父は生きろと言ったけど、一人ぼっちになってしまった俺には、生きたいという欲もなかった。

風の噂で新たな魔王が誕生したと知る。

この時点で、わずかに残っていた希望すら消えた。

文字通りの天涯孤独。

優しい母も、格好良い父もいない。

俺は一人で、この先を生きていくのか？

「もういいや」

魔物に襲われ傷を負い、無様に倒れ込む。

戦う意思はない。

生きる気力も尽きて、どうでも良いとすら思えていた。

このまま死ぬことが出来たなら、あの世で二人に会えるかもしれない。

そんな幻想すら浮かんで、俺は目を閉じる。

「大丈夫？」

その時、俺は彼女に出会った。

運命の歯車がかみ合って、動き出す音が聞こえた。

彼女の笑顔は、眩しくて優しかった。

母の笑顔が重なる。

彼女に助けられた俺は、一緒に村で暮らすことになった。

半分は悪魔でも、見た目は普通の人間と変わらない。

力を行使して角を出さなければ、悪魔との混血だとはバレない。

「あなた名前は何ていうの？」

「名前……ベル――」

「ベルね！」

慌ただしくて、騒がしい日々が続く。

彼女と過ごす時間が、俺の心と身体を徐々に癒してくれた。

言葉を聞いて、表情を見るだけで、不思議と満たされるような感覚が押し寄せる。

そういう不思議な力を、彼女は持っていたのだろう。

楽しい。

久しぶりにそう思えたのも、彼女が微笑んでいた時だ。

少しだけ……ほんの少しだけ、生きたいと思えた。

そんな時、大人たちが話しているのを偶然聞いた。

「王都から」

「ああ。いきなりだよな」

「用件は？　まだ徴収には早いだろ」

「それがよくわからなくて」

王都という、国で一番広い街がある。

どうやら、そこから偉い人が訪ねてくるらしい。

大人たちは大忙しで準備をしていた。

彼女も気づいていたようだけど、自分には関係ないと思ったのか、いつも通りに俺を遊びに誘ったりしていた。

俺はそれに付き合ってから、大人たちの話をこっそり聞く。

「なっ、フレメアが？」

「間違いないです。彼女こそ、わが国の宝である聖女を継ぐもの」

聖女？

聞いたことのない単語を耳にした。

「し、しかしあの子はまだ幼い子供です」

「それも理解している。よって、十になるまで待つ。それまでに必要最低限の教養を身につけさせよ」

「は、はい……」

聖女については自分で調べた。

この国では代々、特別な力を持った女性が誕生する。

王家の人間から生まれることの多い存在だが、まれに無関係の女性として誕生することもある。

当代では彼女がそうだった。

俺を癒してくれた力も、紛れもなく聖女のそれだったようだ。

そして、聖女は王都で役目を果たさなくてはならない。

大人たちの話では、十歳になる頃に王都から迎えが来るらしい。

そうなれば、彼女は村を離れなくてはならない。

「そんなの……嫌だ」

俺は初めて自分の感情に触れた。

生きる理由というやつを、見出したのもこの時だと思う。

大人たちは、彼女が成長するまでは黙っていることにしたようだ。

今の彼女に伝えた所で、受け入れられるとは思えない。
仮に俺が伝えて、駄々をこねても無駄だろう。
大人たちに軟禁され、自由を奪われてしまえば、今の穏やかな生活すら送れない。
逃げてもきっと捕まえられる。
子供だけで生きていくには、この世界は厳しすぎるから。
ならば、俺が彼女を守れるようになろう。
王都では、聖女を守る専属の騎士が選ばれると知った。
俺は強くなって、彼女を守る騎士になる。
あの美しく眩しい笑顔を守るために……もう二度と、何も失わないために。
誓いを立てて、俺は村を出た。
何も言わずに出ていったことを、後悔したこともあった。
それでもいつか、ちゃんと出会えるようにと願って旅立ったんだ。
一年かけて王国の見習い騎士になった。
外部からの募集をしていたのは、俺にとっては願ってもないチャンスだったよ。
無事に合格して、騎士としての修業を積む。
隠れて魔法の特訓もして、いざというときに戦えるように訓練した。

その四年後――

「貴方は？」

「本日付で配属されました。ロランです！　今日から私が、貴女をお守りします」

俺は王国騎士団所属の騎士として、聖女様と再会した。

幸か不幸か、聖女様は俺だと気づいていない様子だった。

成長して背丈が変わり、髪の色も紫から黒く変化していたから、わからなかったのだろうか。

それとも、勝手にいなくなった奴のことなんて忘れてしまったのかも。

どちらでもいいことだ。俺の役目は変わらない。

あの時誓ったように——

◇◇◇

「これが……私の全てです」

「ロランが……あのときの男の子だったの？」

「はい」

話し終えた俺は、スッキリした気分になっていた。

ずっと心苦しかった。

聖女様に嘘をつき続け、騙していることが。

ようやくこれで解放される。

と同時に、これまでの幸福な時間も、今日をもって終わりだ。

「私は人間と悪魔の混血です。それが知られた以上、もう一緒にはいられない。私が傍にいれば、きっと聖女様の毒になる」

そうでなくても、聖女様は俺を畏れるだろう。

悪魔は忌み嫌われる存在だと、王都でも教育を受けていたし。

何より騙していた事実は消えない。

だから……もう傍には置いてくれないだろう。

ならばせめて、遠くからでも、陰からでも良いから見守るとしよう。

聖女様を守ることが、俺の生きがいなのだから。

「今までお世話になりました。どうか強く生き、幸せになってください」

「――――待って！」

立ち去ろうとした俺の手を、聖女様が摑む。

俺が振り返ると、聖女様の瞳からは涙がこぼれ落ちていた。

第十一章　変わらぬ二人で

私は望んで聖女になったわけじゃない。

自分の役割を教えてもらったのは、王都へ旅立つ一月前だった。

それ以前から予兆はあった。

急にマナーや話し方に厳しくなったり、本を読めとか、勉強しろと言われるようになった。

そう、ちょうどあの頃。

一人の男の子と出会ったんだ。

彼は最初、ボロボロで森の中に倒れていた。

何があったのかは知らない。

きっと大変な思いをしたのだろうと悟り、私は彼を村に案内した。

それからしばらく一緒に暮らして、知らぬ間に仲良くなっていて、楽しく毎日を過ごしていた。

同年代の友達は初めてだったから、とても嬉しかったことを覚えている。

だけど、彼は突然いなくなってしまった。

何も言わず、何も残さず、忽然《こつぜん》と姿を消していた。

悲しかった。

ずっと一緒にいられると思っていたから。

その翌日くらいから、大人たちの態度が変わったのだと思う。

だから私は、大人たちに追い出されてしまったのではないかと予想した。

もしもそうなら、いつか会って謝りたい。

謝って、もう一度友達に戻れたら……。

◇◇◇

八年前──

馬車に乗せられやってきたのは、この国で一番大きな街『王都』だった。

「聖女様、こちらです」

「はい」

にぎわう街を抜け、王城の敷地に入ってから馬車を降りる。

騎士と使用人に案内されて王城内へ入り、王座の前へ移動した。

「陛下！　聖女様をお連れしました」

「──入れ」

「はっ！　失礼します！」

王座の間では、この国で一番偉い人が待っていた。

何を話されるかはわかっている。

「よく来てくれた。そしておめでとう、君は我が国の聖女に選ばれたのだ」

「はい。ありがとうございます」

「うむ。今日からは王都の教会で、聖女として活動してもらう。すでに必要な物は揃えているつもりだが、現時点で何か望みはあるか?」

村へ帰りたい。

というのが、私の素直な願いだった。

だけど、そんなことを言える立場ではないと、十歳になった私は理解していた。

この場所に連れて来られた時点で、私に自由はない。

「いえ、ありません」

私はそう答えるしかない。

そうして、聖女としての生活が幕を開けた。

と言っても、初めから聖女として人前に出られたわけではない。

村で一般的な教養を学ばされて、敬語くらいなら使えるようになっていたけど、まだまだ不足していることが多いと指摘された。

教会へ入る前に、聖女として正しい振る舞いを覚えるべきだと。

その翌日から、各指導者による猛特訓が開始された。

言葉遣いや礼儀作法、ご飯の食べ方とか、歩き方まで正された。
なんて窮屈なんだろう。
帰りたいという気持ちが増していく。
毎日が辛くて、つまらなくて、逃げ出したくなる。
それでも逃げられないと悟っているから、辛い日々に耐えていた。
そして……、
数々の特訓を終え、私は聖女として教会へと入ることになった。
その日の朝、教育係と一緒に、一人の騎士がやってきた。
「貴方は？」
「本日付で配属されました。ロランです！　今日から私が、貴女をお守りします」
それが彼との出会いだった。
聖女になった者には、王国の騎士団から一番強い人が護衛につく。
そう聞かされていたから、てっきりもっと大人の男性が来るものだと思っていた。
私の前に立っていたのは、同年代くらいの男の子だった。
背は私より高いけど、細身で、とても強そうには見えない。

彼は優しく微笑みかけてくる。
何となく、彼とは仲良くなれる気がした。

教会では彼と私だけで暮らす。

定期的に王城の教育係だった人が確認に来るけど、それ以外ではずっと二人だ。

「聖女様、食事の用意が出来ました」

「ありがとう」

最初は慣れなくて、ぎこちない会話が多かった。

だけど、不思議と打ち解けるのは早くて、一月もすれば友達のように接するまでになっていた。

彼はいつも私のことを優先して考えてくれる。

時に優しく、時に厳しく、それでいて毎日が楽しい。

彼と過ごす時間は心地よくて、懐かしくて安心する。

徐々に胸の奥にあった孤独感は薄れていた。

そして、いつの間にか私は、逃げ出したいとは思わないようになっていた。

◇◇◇

「これが私の全てです」

ロランの過去を知った。

彼が以前に村で出会った少年で、人間と悪魔の混血だったことには、心から驚かされた。

それ以上に悲しい話だ。

何か悪いことをしたわけではないのに、周囲の陰謀に巻き込まれて、大切な人を失い孤独になって……。

王都へ初めて来た頃の私と同じ。

いいや、それ以上に大変な思いをしたのだろう。

そんな彼が、ずっと私のことを支えてくれていた。

いなくなってしまったのも、私を守るためだったらしい。

嬉しかった。

いろんなものが繋がった気がして。

だから――

「行かないで」

そんな顔をしないでほしい。

私の前から、いなくならないでほしい。

彼の後ろ姿は切なくて、もう二度と会えないと語っていた。

嫌だ。

私を一人にしないで。

貴方が何者でも、何を背負っていても構わない。

ただ私は……、

「私はロランさえいれば良い」

感情が高ぶり、涙が流れ落ちる。

摑んだ手を離すつもりはない。

彼がどこかへ行くのなら、私も一緒についていく。

「聖女様……」

「お願い、一緒にいて」

気付けば、私はロランの胸で泣いていた。

見上げれば、彼の瞳からも、小さく淡い涙が流れていることに気付く。


それから戦いが終わり、少しだけ時間が過ぎる。

落ち着くには短すぎて、混乱し続けるには長い程度の間隔は、私たちの生活にほんのちょっとの揺らぎを与えた。

あれだけの出来事があって、ちょっとなんて言えることは幸福なのだろう。

だって私たちは、あの日と変わらず生活出来ているのだから。

「聖女様、もう朝ですよ」

「うぅ……まだ眠いわ」

「そんなことを言っても時間は戻りません。さぁ、起きましょう」

「あと五分……」

「駄目です。朝食が冷めてしまいます」

そう言われたら身体が勝手に動いてしまう。

重たかったはずの上半身は、布団を勢いよくはねのけた。

「それは一大事ね」

「はい。ですが、布団はとばさないでくださいね」

ロランは呆れながらそう言った。

それから服を着替えて、寝癖をとかし、準備をしてから一階へ降りる。

テーブルに並べられた朝食は二つと一つ。

私とロランは向かい合って座り、チェシャはテーブルの上にそのまま乗る。

「今更だけど、チェシャはこれでよかったの？」

「ええ。彼女は一応猫ですので」

「人の姿が本来ではないのね」

「あれは変身しているだけです。本来の姿は、もっと巨大な大猫ですからね」

私を守ってくれたときの姿か。

思い返せば三日前の出来事。

波乱と混乱が起きていた街は、徐々に平穏を取り戻している。

避難していた住人たちが戻ってきて、以前のように生活を開始していた。

とは言え、まだ完全に戻ったわけではない。

それほどのことが起こったから、仕方がないことではある。

「本当に良かったのかしら……」

「何がです？」

「だって私がこの街にいると、また襲われてしまうかもしれないのよ？」

「その時はまた戦います」

「で、でも……」

「私は構いません。それに、皆さんもそう言っていたではないですか？」

ロランが言う皆さんとは、一緒に戦ってくれた冒険者の人たち。

あの時、ロランとアモンの激闘は、周囲の冒険者たちの目に映っていた。

近くにいた者や、瀕死の状態で倒れていた者も多く、会話が聞こえていたという人もいた。

アモンが攻め込んできた理由とか。

ロランの正体についても知られてしまったわけで……、
本当なら、ここに残っていてはいけないと思う。

「優しい人たちね」

「はい。本当に」

私たちはしみじみと感じる。

この街の人々は、とても優しくて温かい。

そう思える言葉を、たくさん貰えたから。

◇◇◇

戦いの直後。

ロランがアモンを倒したことで、魔物たちの一部は逃げ出した。

元々アモンによって指揮されていた群れで、頭を失ったことで制御が利かなくなったらしい。

結界の効果もあり、実質的な戦闘も完全に終息する。

私とロランは、戦闘に参加した冒険者を集めた。

瀕死の重傷を負っていた者もいたが、集中的な治癒を施し、何とか一命は取り留めている。

集められたのは、話が聞ける状態の者たちだけ。

「皆さん……すみませんでした」

私は彼らに謝罪した。

アモンの襲撃の原因は、私がこの街にいたという理由だったこと。

街の人や彼らは、それに巻き込まれただけ。

そのことを説明して、ちゃんと謝りたかった。

正直に言えば、責められるだろうと覚悟していた。

たぶん、ロランもそうだったと思う。

だけど――

「謝んなよ、聖女様」

「そうよ。別に貴女が悪いわけじゃないわ」

「うんうん」

最初にそう言ってくれたのは、セシリーたちだった。

王都での事情を知っているのはセシリー一人だけど、私たちに対する理解は大きい。

それだけじゃなくて、単純に優しかった。

「そうだぜ！　これまで何度も聖女様には助けられたからな～」

「おう。うちの嫁さんも喜んでたぜ？　お陰で毎日機嫌がよくてよぉ」

「聖女様には、この先もいてもらわなきゃ困るってもんよ」

それに呼応するように、他の人たちからも温かい声が届く。

「で、ですが！　私がいるとまた……」

「心配いらねーよ！　そんときは戦うだけだからな」

「そうそう。今回だって誰も死んでないんだぜ？　聖女様がいりゃーなんも怖くねぇ。それに
――」

彼らの視線がロランに向けられる。

「聖女様には、最強の騎士がついてるじゃねーか」

「確かにそうね」

「ロランがいれば、誰にも負けない」

「……ああ、俺は何があっても聖女様を守る。聖女様の大切なものも、俺は守ってみせよう」

ロランが力強い声でそう言ってくれた。

私はここにいて良いのだと、彼らは教えてくれる。

その後、街の人たちにも改めて説明したら、同じような返答を貰えた。

私は嬉しくて、今までで一番、涙を流したと思う。

◇◇◇

そうして今日を迎えている。

私たちの日常は、当たり前みたいに進んでいく。

朝食をとり終えたら、私は教会の祭壇へと向かった。

ロランも牧師の格好に着替え、誰かが訪れるのを待つ。

「ねぇロラン」

「何ですか？」

「また今度でいいから、貴方のことをもっと教えてほしいな」

「私のことですか？　ちなみに何を？」

「全部よ。ロランのことを全部知りたい。これから先もずっと一緒にいるのよ？　隠し事はこれっきりにしてほしいわ」

「……そうですね。私も、聖女様に嘘をつくのはもう嫌ですから」

そう言って、ロランは微笑んだ。
優しい微笑みは、私の胸を温かく照らしてくれる。
私たちは変わらない。
いつも通りに、平凡な日々を送っていく。

第十二章　昔と今とこれからの未来

アモンとの戦いから数日後。

今日は教会がお休みで、ロランは冒険者のお仕事に行く日。

戦いが終わってからは、これが初めてだった。

いつも通りに支度をして、朝食を済ませてから、ロランは教会を出ていく。

「では行って参ります」

「ええ、いってらっしゃい」

「はい。チェシャ、俺がいない間は聖女様を頼むぞ」


猫の姿のチェシャはニャ～と可愛らしく鳴く。

ロランは頷き、扉を開けて出ていった。

怒濤《どとう》のような日々が過ぎていく中で、ロランが傍を離れると少し不安になる。

数日前に起きた出来事は、私の脳裏にくっきりと焼き付いている。

「早く帰ってきてほしいな」

ぼそりと口にするほど、彼と離れ離れが辛い。

そう思えるくらいには、自分の心もハッキリしていた。

教会がお休みだと、来客は基本的に来ない。

今までなら、彼の目を盗んでダラダラ過ごすこともあったけど、今日はちょっぴり様子が違う。

私の前には、猫又のチェシャがいる。

「ねぇ、チェシャ？　人の姿になれる？」

「にゃー、出来るっすよ」

すぐに人間の姿へ変身したチェシャ。

あの時に私を守ってくれた彼女が、本当にチェシャだという確信を得る。

「本当に……ただの猫じゃなかったのね」

「そうっすね。一応は猫又っていう種族で、ウチもよくわかってないっすけど、元は精霊だったそうっすよ」

「精霊？　てっきり魔物の親戚か何かと……ごめんなさい」

「別に良いっすよ！　見た目は魔物と変わんないっすからね」

仲睦まじく話す私たち。

だけど、よくよく考えたら、こうして人として会話するのは初めてだった。

途中で気が付いたのか、互いに無言の時間が出来る。

すると、チェシャのほうから気を利かせて、改まって挨拶をする。

「こうやって話すのは初めてっすよね？　改めてよろしくっす、聖女様！」

「こ、こちらこそよろしく。この間はありがとう。私を守ってくれて」

「良いっすよ！　若様のお願いなら絶対服従っすから」

「若様ってロランのこと？」

「そうっすよ」

そう言えば、チェシャは小さい頃からロランと一緒にいたのよね。

つまり、私が知らない彼のことを知っている。

そう思ったら、無性に質問したくなって、勝手に口が動いてしまう。

「ね、ねぇチェシャ。ロランって、小さい頃はどんな感じだったの？」

「えっ？　聖女様も知っているんじゃないっすか？」

「出会った直後のことなら。それ以前は聞いていないの」

「そうなんすね。う〜ん、ウチが話していいのか」

チェシャは悩みながら首を傾げる。

彼女の忠誠心の高さは、彼が魔王の息子だからなのだろうか。

それとも別のエピソードが関係している？

だとしたら、そこも含めて知りたい。

「全部は話さなくて良いわ。そうね、チェシャとロランの出会いとか」

「あぁ、それなら話せるっすね」

そうして、チェシャが過去を語る。

最初に断っておくが、楽しい話ではない。

苦しみの中にいた彼女を救った……ただ優しくて、温かい話。

◇◇◇

猫又は精霊と悪魔の中間に位置する存在とされる。

どっちつかずでそれほど強力でもない。

特に生まれてすぐは、下級の魔物にすらやられてしまうほど。

故に魔界での扱いも酷いものだった。

家畜と同列に扱われたり、戦闘時の捨て駒にされたり。

いつしか数も減り、忘れ去られていく。

そんな苦しい時代に、チェシャは生まれ落ちた。

彼女の親は、彼女を生んだ数日後に死亡した。

当時頻回に起こっていた悪魔同士の小競り合いに巻き込まれ、チェシャを庇って命を落とした。

生き残ったチェシャは、広く危険な魔界をさまよっていた。

行く当てもなく、生きる理由もない。

丁度、人間界へやってきた頃のロランと同じように。

だからきっと、その出会いも運命だったのだろう。

「ん？　何だお前、迷い込んできたのか？」

知らぬ間に、魔王軍が管理する敷地に入っていたチェシャ。

彼女のもとに、一人の少年が近寄って来た。

長旅で身も心もボロボロになっていたチェシャは、弱々しく倒れる。

「お、おい！　大丈夫か？」

少年は優しくチェシャを抱きかかえた。

生まれて初めて感じる温もりに抱かれながら眠る。

そして、次に目を覚ました時、チェシャは魔王城の一室にいた。

（ここは……）

「あ、目が覚めたのか」

あの時の少年が部屋に入って来た。

手には暖かそうな毛布と、食事の入った器を持っている。

「お前って猫又だよな？　食事は俺たちと一緒でいいって聞いたけど、これで大丈夫か？」

少年は優しく微笑み、チェシャに食べ物を与えた。

ロクな食事をしてこなかった彼女にとって、それは天からの恵みにも等しかった。

美味しいと心から感じたのは、それが初めてだったという。

「なぁお前、名前はあるのか？」

当時の彼女は人化を習得しておらず、意思の疎通が難しい。

頑張って首を横に振ることで、名前がないことを伝える。

「そうなのか。じゃあ俺が名前を付けよう！」

（名前？　ウチに名前をつけてくれるの？）

「何がいいかな〜。ちゃんとした名前って何だろう」

少年は頑張って考えてくれていた。

彼女にはそれだけで十分で、どんな名前でも良いと思っていた。

少年は部屋にあった本を読みあさる。

童話や伝記を読んで、一つの名前を見つける。

「よし！　お前は今日から『チェシャ』だ！」

そうして、彼女はチェシャと名付けられた。


少年は魔王の息子だった。

母は人間の女性で、彼は人間と悪魔の混血《ミックス》という、王城内では珍しい存在。

それは良い意味でも、悪い意味でも。

「坊ちゃまが何か拾ってきたようだぞ」

「はぁ、今度は何だ？」

「猫又の子供と聞いている」

「またそのような下等な生き物を……魔王様に進言しよう」

「いや、言っても無駄だろう？　現に容認されている」

魔王城内では、彼に対する陰口を時折聞いた。

彼自身もそれを知っていて、聞こえないフリをしていたようだ。

魔王城に来て数か月。

チェシャは人化の術を習得し、彼と会話が出来るようになっていた。


「若様」

「何だ？　チェシャ」

「ウチはここにいていいの？」

「今さらだな」

「だって、ウチの所為で若様が悪口言われてる」

「それこそ今さらだよ。俺は別に気にしてない」

「で、でも！」

「俺が良いって言っている。勝手にいなくなったら承知しないぞ？」

そう言って、彼はニコリと微笑んだ。

彼の言葉と表情からは優しさがにじみ出ていた。

その優しさが自分に向けられていることに感謝して、チェシャは誓う。

この人を守れるようになろう。
ウチを助けてくれたように、今度はウチが若様を助けるんだ！
しかし、現実はそんなに甘くなかった。
弱肉強食という言葉が、魔界では特に色濃く表れている。
着実に成長していくチェシャだったが、上位の悪魔たちには遠く及ばない。
もっと強くならなくては。
一心に努力を続けていたが、その折にクーデターが起こってしまう。
彼女は自分の無力さを痛感させられた。
守りたかった人を、簡単に失ってしまうほど、世界は残酷に出来ている。
それでも、絶望の中で一筋の希望を聞く。
「魔王め、子供を人間界へ逃がしたようだぞ」
「ふっ、この期《ご》に及んで子供の心配とは、やはり甘い男だ」
彼は生きている。
その可能性を信じて、チェシャは人間界へとやってきた。
人間界は魔界よりもずっと広い。
国や街も数えきれない程ある。
そして何より、チェシャのような存在への扱いは、魔界よりも酷いものだった。
正体を隠し、彼女は各地を巡った。

手掛かりもなくさまよった十数年間は、孤独との戦いだったという。

そうして、苦節十二年と数か月。

彼女はロランと再会を果たした。

◇◇◇

「やっと会えた時はもう嬉しくて。ホントは飛びつきたいくらいだったすよ」

「そうだったの？　でも確か……」

私の記憶だと、そんな風には見えなかったけど。

「それは聖女様がいたからっすよ。実はもう街で歩いているのを見つけてて、先に情報だけ調べてたんす。若様が正体を隠してるのはわかってたっすからね」

「そういうことね」

チェシャは空気を読んで猫のフリをしていた。

私や街の人たちに、ロランの正体がバレないように。

彼女の話だと、私の知らない所でロランと話をしていて、彼がいない間は私を守ってくれていたらしい。

「その頃からだったのね。ありがとう」

「お礼なら若様に言ってほしいっすよ。ずーっと聖女様のことばっかり心配してたっすからね～」

「ふふっ、そうするわ」

チェシャの過去を聞いて、私が知らないロランの過去にも触れられた。

そのお陰で、少し安心出来たような気がする。

「変わらないのね、ロランは」

「そうっすね～、ウチもそう思うっすよ」

彼の優しさは時間が経とうと変わっていない。

場所も、立場も違って、色々と彼を取り巻く環境は変化している。

それでも変わらないのは、優しさが彼の本質だからだろう。

「魔王の息子としてはよくないっすけどね」

「そうね。でも、ロランらしいわ」

「ウチもっす。そんな若様だから、一生ついて行きたいと思えたっすよ」

彼に助けられたチェシャは、彼への恩を忘れない。

私だって同じ気持ちだ。

今まで何度も助けられてきた。

ロランと出会っていなければ、私は今頃……考えるだけでも悲しくなる。

「だったら、私たちもずっと一緒ね」

「そーっすね。若様が一緒なら、ウチも離れるつもりはないっす」

「これからもよろしくね」

「了解っす！」

チェシャは満面の笑みを見せる。

今さら気づいたけど、彼女の笑顔はロランに似ている。

もしかすると、一緒に幼少期を過ごした影響かもしれない。

それはちょっぴり妬けてしまう。

「ねぇ、ロランのこともっと教えてほしいわ」

「聖女様ばっかりずるいっすよ〜、ウチにも色々教えてほしいっす」

「ふふっ、もちろん良いわよ」

何だか新しく友達が出来たみたいで楽しい。

それから私とチェシャは、互いの知っている彼について語り合った。

日が沈んで、彼が帰ってくるまで。

◇◇◇

正直に言おう。

聖女様の傍を離れるのは、とても不安だ。

あんな出来事があったから、必要以上に警戒してしまう。

出会う人、すれ違う人が、もしかして敵ではないのかと疑ってしまうほど。

チェシャも一緒だし、いざとなれば急いで戻れる距離だ。

そう自分に言い聞かせて、俺は冒険者組合に向かった。

「ふぅ、こっちも重要だからな」

彼らには世話になった。

そのお礼を改めて言いたいと思う。

と同時に、彼らが俺をどう見ているのかも気になっていた。

聖女様のことを受け入れてくれた人たちだ。

きっと悪くは思われていない……と思う。

「いや、こればっかりはわからないか」

聖女様は、聖女様だから受け入れられたのかもしれない。

俺はこう見えても悪魔の血が流れている。

経緯はどうあれ、先代魔王の息子という肩書は事実だし、快く思わない者がいても不思議じゃない。

特に冒険者なんて、悪魔は敵以外の何物でもないからな。

ある程度の覚悟はしておこうと思う。

そして、俺は組合にたどり着いた。

すぐに扉へ手を伸ばさず、深呼吸をして気持ちを整える。

心の中で「よし」とつぶやき、中へと一歩踏み込んだ。

「おっ！　ロラン！」

最初に気付いて声をかけてくれたのは、パーティーメンバーのマッシュだった。

セシリーとルナも一緒にいる。

他の冒険者たちの視線が、俺へ一斉に集まった。

「ロラン！　この間はありがとな！」

「えっ……」

「悪魔の大将をやっつけてくれただろ？　俺たち戦ってたから見られなかったけどさ」

「俺は遠目だけど見たぞ？　めちゃくちゃ激しくて興奮したな～」

ガヤガヤと騒がしくなる。

聞こえてくるのは、俺への賛辞と感謝の声ばかりだった。

「ふっ」

俺は身構えていた自分が恥ずかしくて、小さく笑った。

彼らのことを疑っていたことも、申し訳なく思う。

それと同じくらい、感謝の気持ちがあふれ出てくる。

「ありがとう、皆」

誰に言うでもなく、俺はぼそりと呟いた。

それからマッシュたちのいる席へ移動して、空いていたセシリーの隣へ座る。

「待たせてすまないな」

「そんな待ってねぇよ。というか、ちゃんと来てくれて良かったぜ」

「マッシュ？」

「いや、なんつーか……来てくれねーんじゃねーかって思ってさ」

そう言って、マッシュはほっとした表情を見せる。

「聖女様のことは聞いてたけど、お前のことは全然知らなかったしな。色々と大変なんだってわかったよ」

「……まぁな」

「一先ず落ち着いたってことでいいのか？」

「たぶん。俺は今までと何も変わっていないから」

「そうか。だったらオレたちもいつも通りだ！　よーし、さっそく依頼探そうぜ～」

マッシュは立ち上がり、依頼ボードまで歩いていく。

聞きたいことは山ほどあるはずだ。

それを呑み込んで、彼は普段通りに接そうとしている。

結局は気を遣わせているようで申し訳ないが、ここは感謝すべきところだと思った。

「フレメアは？　ちゃんと元気？」

「ああ、お陰様で」

「それは良かったわ。あの子のことだから、まだ責任を感じて落ち込んでいるかと思ったけど」

「それはちょっとあると思う。顔や声には出さないだけで」

「気にしなくていいのに」

「そうね。少なくとも私たちは全然気にしてないわ」

セシリーとルナ。

二人は、友達のように接してくれている。

特にセシリーは頻繁に教会へ遊びに来てくれていて、聖女様が楽しそうだから助かっている。

「また遊びに来てくれ」

「ええ」

「もちろん」

その後、適当に依頼を受けた俺たちは森へ向かった。

受けたのは複数の討伐依頼。高難易度の依頼ではあったけど、戦闘開始からものの数分で片はついた。

「おぉ〜。すげぇなー」

「無双すぎ」

マッシュとルナが呆けて見つめる。

視線の先では、魔法と剣で戦う俺の姿があった。

この間は皆に助けられたからな。

魔王の息子だということもバレたし、力を隠す必要もなくなった。

思う存分戦って、今日は彼らに楽をしてもらおう。

という感じに、張り切って戦っていた。

するとと、セシリーが呆れた表情で俺に言う。

「張り切りすぎよ。私たちいらないじゃない」

「えっ、あ……すまん？」

「良いじゃねーか」

「うん。見てて勉強になる」

戦いがひと段落して、マッシュが俺に尋ねてくる。

「なぁ。ロランって戦い方は誰に教わったんだ？　やっぱ父親？」

「ん？　あー、魔法は父さんだよ。剣術は母さんに教えてもらったんだ」

「へぇ～。お前の母親って人間なんだよな？　強かったのか？」

「ああ、恐ろしく強かったよ。近接戦闘なら、父さんよりも強かったかな」

「本当かよ！」

マッシュは驚きすぎて目を丸くしていた。

「こっちでも有名な剣士だったらしいぞ」

「そうなのか？　ちなみに名前は？」

「カリューナ」

「カ……それってあの【剣姫《けんき》】カリューナ!?」

「そうそう。そんな風に呼ばれていたんだっけ」

以前に聞いていたけど、詳しく知ったのはこちらへ来てからだった。

母カリューナは、当時世界最強の剣士とまで呼ばれていたという。

こちらの記録上だと、突然姿をくらまし、行方不明のまま死亡扱いになっていた。

「なるほどな……道理で強いわけだ」

「そうでもないさ。俺なんて母さんの足元にも及ばない」

「あれでか？　そんなこと言ったら、オレたちなんて雑草以下だぞ」

「い、いやそんなことは――」

俺が否定しようとすると、それより早くマッシュが言う。

「なぁロラン！　俺に剣術を教えてくれねーか？」

「えっ、急にどうしたんだ？」

「いや～、そうすれば多少は強くなれるかなと思ってさ」

マッシュは切なげな表情を見せ、続けて言う。

「この間はさ……ほとんど役に立てなかっただろ？　いざって時に戦えないのは嫌だし、お前の足手まといになりたくない」

「わたしも教えて」

「ルナ」

「おっ、いいじゃんか。魔王の息子直伝なんて格好いいぜ」

二人は一時的に盛り上がり、改めて俺に言う。

「オレたちはお前の仲間でいたいんだよ。この先ずっと、戦うときは隣に立ちたい」

「私も、フレメアを守ってあげられるようになりたいわ」

「うん」

三人の目には強い決意が宿っていた。

俺が来る前、色々と話をしていたらしい。

どう接するべきか、自分たちがどうしたいのか。

そうして出た結論を、今こうして俺に伝えてくれた。


あぁ……温かい。

この街と、ここで暮らす人たちは、なんて温かいのだろう。

そのぬくもりに触れながら、俺は笑顔で答える。

「ああ！」

これからも、共に戦う仲間でいたい。

彼らがそう思ってくれるなら、俺も全力で応えようと思った。

第十三章　約束を果たそう

ある日のこと。

マッシュたちに飲みに行こうと誘われた。

いつもなら断る所だけど、世話になった手前断り辛い。

教会では聖女様とチェシャも待っている。

「だったら二人もつれてくればいいいんじゃない？」

「おっ、いいなそれ！」

「賛成」

という感じで、セシリーの提案が可決された。

俺はうんともすんとも言わなかったけど、空気的に拒否権はなさそうだった。

ただ、さすがに酒場へ聖女様を連れていくのも良くない。

彼女は今年で十八歳。

お酒は飲める歳だけど、聖女だからという理由で好ましくないし、飲んで当たり前の環境も合わないだろう。

「じゃあ教会でやろーぜ！　酒とかは自分たち用で持っていくから」

「そうね。私もロランの料理が食べてみたいわ」

「わかった」

初めてかもしれない。

俺一人ではなく、彼らもつれて教会へ戻るのは。

途中で買い物を済ませて、大量の食材と飲み物をもって帰る。

「ただいま戻りました」

「お帰りなさい――ってどうしたの？　今日は大勢いるわね」

「こんばんは、フレメア」

「久しぶり」

「邪魔するぜ～」

戸惑う聖女様に事情を説明する。

聖女様は嬉しそうに笑ってこう言った。

「今夜は楽しくなりそうね」

「はい」

聖女様が喜んでいるから、これで正解だったのだろう。

俺は日頃の感謝もこめて精一杯にもてなすことに決めた。

聖女様以外のために料理を振る舞うのも、俺にとっては初めての体験だ。

「おぉ〜。これ全部お前が作ったのか？」

「そうよ。ロランは料理上手だもの」

「何でフレメアが自慢そうに言うのかしら」

「美味しそう」

「たくさん食べてくれ」

せーので手を合わせて、いただきますと声を出す。

賑やかな夕食が始まった。

チェシャも今日は人化した状態で一緒にいる。

「そういえばさ、二人って何でこの街に来たんだ？」

「えっ？　話してなかったっけ？」

「セシリーには話したと思いますけど……」

「わたしも知っている」

「オレだけかよ。聞いてないの」

ションボリするマッシュ。

仲間外れにされたみたいで落ち込んでいる様子だった。

「そんな顔するなよ。今から話すから」

「そ、そうですよ。今聞けば一緒ですよ」

俺と聖女様で慰めながら、半年以上前を思い返す。

王都を出て、俺たちは最初からユーレアスを目指したわけではない。

「私から話すわ」

「はい。お願いします」

◇◇◇

王都を出て数日。

私とロランは国内をフラフラと彷徨《さまよ》っていた。

どこに行くのか、何をするのかを決めかねて、とりあえず王都から離れていただけ。

「そうだわ。私の故郷に戻りましょう」

「聖女様の村ですか？」

「ええ。あそこならきっとのんびり過ごせるわ」

小さな村で、住民も二桁しかいない。

聖女の役目なんて関係のない場所だから、落ち着いて暮らすにはもってこいの場所だと思う。

昔馴染みに会うのはちょっと楽しみで、同時に不安でもあるけど。

「受け入れてくれるわ」

そう思って、私たちは村へと向かった。

遠い道のりだったから、途中で馬車を借りて、揺られながら進んでいく。

見覚えのある景色が近づいてくると、思わずワクワクしてしまう。

七年ぶりに故郷へ帰還する。

どうなっているのか、想像を膨らませてしまうのは仕方のないことだ。

そして――

七年も経過すれば、全てが変わっていることも、仕方がないと受け入れるべきだろう。

「何……ここ」

「聖女様？」

「知らない街になってる。人も、建物も全然違うわ」

見覚えのある景色から広がったのは、記憶のどこにもない街並みだった。

暮らしている人も、建物も別の造りになっている。

七年という月日は村を街に変えてしまうには十分だったのだろうか。

「少し見て回りませんか？　知人がいるかもしれませんよ」

「そ、そうね」

ロランに言われて、私たちは街の中を歩いた。

一応、変に目立たないように服装も変えてあるから、聖女だと騒がれることはないと思う。

知り合いに会えば別だけど、それはそれで良いことだ。

そう、良いことだと思う。

だから、結局誰とも会えなかったことにはガッカリした。

街の人に話を聞いてみた。

どうやら私が王都へ出た後、大規模な開拓事業が始まったらしい。

ここだけではなく、近隣の村も含めて一つの街を作ろうという計画だった。

建築や工事に時間を要する。

その間は人が暮らすことが出来ない。

元々住んでいた人たちは、開発途中に遠くの村や街へ移住したという。

どこへ行ったかは、彼らにもわからないそうだ。

「行きましょう」

「よろしいのですか？」

「ええ。だって私の知っている村じゃないもの」

そうして私たちは街を出た。

のんびり暮らせる場所を探し歩き、国を出てひたすらいろんな場所を巡った。

途中から、いっそ旅を続けるのも悪くないと思い始めていた頃。

「到着しましたよ」

「ありがとう。ここがユーレアスの街ね」

「はい」

私たちはこの街にたどり着いた。

旅路の途中に立ち寄る程度の感覚で、あまり期待はしていなかったと思う。

まさか自分たちが定住するなんて、最初はまったく考えていなかった。

クラリカ王国、ユーレアスの街。

海に面した港町で、観光に訪れる人も多いという。

王都とは違った雰囲気を感じる街並みを、私とロランは眺めていた。

「綺麗な街ね」

「はい。見て回りましょうか」

「そうね」

いくつもの街を巡って、定住することなく旅を続けている。

気に入った場所もあったけど、最終的には馴染めず、次の街を探すことになる。

異邦人である私たちは、どうあっても浮いてしまう存在で、周囲の視線や対応は、あまり居心地の良いものではなかった。

だから、今回もあまり期待はしていなかった。

「ロラン、あれって教会かしら？」

「本当ですね。随分古いようですが」

住宅や商店街から離れた場所に、教会らしき建物を見つけた。

ロランの言う通り、それなりに古い建物のようだ。

壁の一部にヒビが入っていて、周りは雑草だらけで手入れされていない。

「誰かいるようには見えないわね」

「そうですね。もしかすると、ずっと前から放置されているのかもしれません」

「少し覗いていきましょう」

「はい」

私たちは見つけた教会に立ち寄った。

王都で暮らしていた教会より小さくて古いけど、とても立派な建物のようだ。

「すみません。どなたかいらっしゃいますか？」

ロランが声をかけた。

返事はない。

「人の気配はありませんね」

とロランは言った。

彼が扉に手をかけると、簡単に開いてしまう。

中を見るだけなら良いだろうと思い、私たちは教会の中へ入った。

「中は思ったよりきれいね」

「はい。ただ、ここはもう使われていないようですね」

「ええ」

中もぐるっと見て回った。

埃っぽくて咳きこんだりもしたから、手入れはされていない。

少なくとも最近は使われていない様子。

奥にある生活用の部屋も見たが、案の定生活感は感じられない。

とは言え、設備的にはまだ使えるレベルではあった。

「出ましょう。ここはもう十分に見られたわ」

「はい」

街の様子も見て回りたい。

この教会についても、街の人に聞いてみるのが一番だと思った。

そうして私たちは教会を後にする。

商店街へたどり着く。

早々に感じた違和感を、私たちは確認し合う。

「観光地にもなっていると聞いていましたが……」

「思ったよりも静かね」

人通りは多いほうだと思う。

これまでに見てきた街よりは、賑わっているようだ。

でも、聞いていたほどの活気はない。

街全体から淀んだ雰囲気みたいなものすら感じられる。

加えて、通りかかる人たちの多くが咳き込んでいた。

「ごほっ、ごほっ……ぅ」

特に苦しそうな男の子がいる。

隣にいるのは母親だろうか。

咳が止まらず、その場でうずくまっていた。

「ロラン」

「はい」

私たちは男の子の所へ近寄る。

「大丈夫ですか？」

「え、あ、すみません……街中でお見苦しい所を」

「お気になさらないでください」

そう言って、私は男の子の様子を窺う。

怪我はしていない。

症状からの推測でしかないけど、強い風邪にでもかかっているのだろうか。

「どうですか？」

「心配いらないわ」

どんな病気だろうと、私の力であれば癒すことが出来る。

私は男の子の頭を優しく撫でてから、両手を合わせて祈りを始める。

光のヴェールが男の子を包み込む。

母親は目を丸くして驚いている様子だった。

「これでもう苦しくないでしょう？」

「……うん！」

「良かったわ」

「さすが聖女様ですね」

「ちょっとロラン」

聖女という単語は使わないように言っていても、普段の癖で呼んでしまう。

ロランはハッと気づき口を塞いだが、言ったあとでは手遅れだ。

「聖女様……聖女様なのですか？」

「え、あの……」

「やっと……やっと来てくださったのですね！」

「え？」

思いもよらぬ返事に、私たちは戸惑う。

すると、その会話が聞こえた周囲の人々が立ち止まり、各々に声を上げる。

「何？　聖女様が来てくださったのか！」

「本当なの？　うちの旦那も見てください！」

「待て待て順番だ！」

一時的にその場は大混乱に陥った。

どういう理由かわからないまま、私たちは人の波に呑まれていく。

二十年ほど前まで、ユーレアスの街には聖女と牧師がいた。

自分以外に聖女がいることを知ったのはこの時だった。

街はずれにあった教会は、その聖女と牧師のために建てられたものらしい。

だけど、二人は急にいなくなってしまった。

何も言わず、朝になったら忽然と姿を消していたらしい。

それ以来ずっと、街の人々は二人の帰還を待ちわびていた。

そして、ちょうど最近になって街では重い伝染病が流行していた。

治療法こそあるものの、街には医者がおらず、子供や老人が感染すると命の危険がある。

街に活気がなかったのは病の影響だった。

事情を知った私たちは、病にかかった人々を集め、祈りを捧げることで癒した。

「凄い……本当に戻ってきてくださったのだな」

「聖女様！　ありがとうございます！」

飛び交う感謝の言葉。

こんなにも感謝されるのは久しぶりで、どう反応して良いのか困る。

そんな私に気付いて、ロランが簡単に街へ来た経緯を話してくれた。

「そうだったのですか。てっきり以前の聖女様の関係者かと……」

「ご期待に添えず申し訳ない」

「い、いえそんな！　病を治していただいたことは、感謝してもしたりないくらいです。それでいつ頃まで滞在される予定なのでしょう？」

「まだわかりません。我々は定住出来る場所を探して旅をしているので」

「そ、そうでしたね……あの！　もしよろしければ、この街にずっといていただけないでしょうか？　住居や必要な物は提供出来ます」

「それは願ってもない話ですが」

ロランが私のほうを見る。

どうしたいか、私に確認をとっている目だ。

街の人たちの反応は良い。

私たちを歓迎してくれているのがわかるから、今の所居心地も悪くない。

一先ず様子を見て、しばらく暮らすのは有りだと思った。

私はこくりと頷く。

「では、よろしくお願いします」

「本当ですか！　ありがとうございます！」

「いえいえ。それで住居なのですが、街はずれにあった教会をお借りすることは出来ますか？」

「もちろんですとも！　早急に手入れをさせていただきます」

「あーいえ、それは私がやりますのでお構いなく」

「そ、そうですか？　では何か必要であれば遠慮なくおっしゃってください」

そうして、私たちは一時的に教会で暮らすことになった。

手入れはロランが頑張ってくれて、その日のうちに生活出来るまで整った。

最初は長居するつもりもなくて、人々の反応を見ながら、折を見て出ていくことも考えていた。

でも、思ったより居心地がよくて、一か月以上暮らして――

「ロラン。私、この街が気に入ったわ」

「そうでしょうね。出ていきたいと一度も言いませんでしたから」

「ロランは？」

「私も気に入りましたよ。この街の人々は楽しそうに生活していますからね」

「ええ」

この街で暮らそう。

私たちはそう決めて、半年が経過した。

◇◇◇

「へぇ～。んじゃ最初っから住むつもりじゃなかったのかよ」

「ああ。当初は長くても五日くらいだと思っていたな。大体いつもそのくらいで、聖女様にちょっかいを出す連中が出てきてたから」

ロランがため息をこぼす。

私が聖女だと知ると、人々は大抵好意的に接してくる。

だけど、下心丸出しの人もいて、そういう場合はよくない方法で私に近づこうとする。

それをロランが追い払って、定住を諦めるのがいつもの流れだった。

「この街の人たちは優しくて誠実だわ」

「はい。だから私たちは、今でもこうして暮らしているんですからね」

「ええ」

今さらだけど、この街にこられて良かったと思う。

たくさんの人たちに囲まれて、友人も出来て、毎日が楽しいから。

「何言ってんだよ！　そんなの当たり前じゃねーか」

「それが当たり前じゃなかったんだよ」

「そうか？　だったら尚更だな！　嫌なことなんて全部忘れるくらい、この街に浸ればいい」

マッシュは酔っ払いながらそう言った。

私とロランは顔を見合わせてから、くすりと笑う。

言葉には出さなかったけど、私たちは同じことを思っていた。

もう、十分に浸っている。

この先もずっと続いて、いつの日か良い思い出ばかりになって。

そんな日が来ることと信じられるくらいには――

その日の翌日。

いつも通りの朝を迎えて、私たちは教会で相談者がくるのを待っていた。

ガチャリと音がして、扉が開く。

「こんにち――」

あいさつを途中で止めたのは、扉を開けた人たちが、街の住人ではなかったから。

奥の景色の中に豪華な馬車が見える。

騎士が二人、煌《きら》びやかなドレスをきた女性が一人。

以前にも同じような組み合わせで、この教会に訪れた人がいた。

あの時との明確な違いは、隠していないということ。

ロランが私の前に立つ。

「失礼ですが、どちら様でしょうか？」

「突然の訪問失礼する。我々は王城からの使者である」

「王城？」

「私から説明します」

そう言って、ドレス姿の女性が一歩前に出る。

王城という単語を聞いて、私たちは彼女が何者なのかを察する。

「初めまして。聖女フレメア、牧師ロラン」

高貴な立ち振る舞いと、礼儀正しい口調。

感じられる雰囲気は、どこか懐かしくて、あまり良い思い出がない。

少なくとも、私たちが知っている彼女と同じなら。

「私はクラリカ王国第一王女、アイリス・クルーベルです。お二方に大切なお話があって参りました」

「大切な話とは？」

「はい。単刀直入に申し上げますと、お二人にはこの街……いいえ、この国から出ていっていただきたいのです」

「えっ……」

そんなことを言われるなんて思いもよらなかった。

しかも、王城から遥々やってきた王女様に、会って数秒で……。

私は固まって声が出ない。

代わりにロランが聞き返してくれる。

「どういう意味ですか？」

「言葉通りです、牧師ロラン。我が国の領土から、速やかに離れてください」

「それはなぜです？」

「理由の説明が必要ですか？」

王女様とロランは淡々と会話を進めていく。

おそらくだけど、ロランはこの時点で理由に気付いていた。

だから王女様のセリフに動揺せず、最後の質問にも答えない。

しばらく黙ったまま見つめ合い、王女様が小さく息をはく。

そして、王女様が話し出す。

「各地で大国と魔王軍の戦闘が行われていたことはご存じですか？」

「はい。聞き及んでいます」

「それらが一時的に休戦し、別の方向へと進路を変えたそうです」

王女様がそう言い、私も状況を察する。

「進行方向にあるのは、この街だそうです。もうお分かりですよね？」

わかってしまった。

王女様がわざわざ出向いてまで、私たちに出ていってほしいと伝えた意味。

切っ掛けは、アモンとの戦いだ。

アモンは言っていた。

私の力が脅威になるから、先に潰しに来たのだと。

あの時点で、魔王軍は私のことを狙っていた。

それを返り討ちにしたことが決定打で、魔王軍は本格的に私たちを敵と見なしたんだ。

「彼らの狙いは聖女フレメア、貴女です。貴女がこの街にいる限り、魔王軍は侵攻を続けるでしょう」

「……」

返す言葉もない。

王女様の言っていることは正しい。

「我が国には魔王軍と戦うだけの戦力はありません。もしも攻め込まれれば、容易《たやす》く蹂躙《じゅうりん》されてしまいます。逆に貴女が去れば、魔王軍も進路を変えます」

だから出ていってほしい。

そういうことで、間違っていないから反論出来ない。

私たちがいることで、この街や国を戦いに巻き込んでしまう。

申し訳ない気持ちが溢れてきて、落ち込む私をロランは見つめる。

「私は……」

「ちょっと待った！」

叫んだのはロランじゃない。

聞き覚えのある声、よく通る大きな声だ。

私は伏せていた顔を上げ、声が聞こえた方向に目を向ける。

「マッシュ！」

「皆さんも」

教会の扉を全開にして、彼らは並び立っていた。

マッシュ、セシリー、ルナ。

彼らだけではなく、その後ろには街中から集まった人たちがいる。

「貴方たちは？」

「この街の住人で、オレたちは二人の友人だ。王女様だからって、出て行けはあんまりなんじゃないのか？」

マッシュは堂々とした態度で王女様に物申す。

騎士たちが険しい表情を見せても、それを睨み返すほど。

「どこまで話を聞いていましたか？」

「全部だよ。魔王軍のことも含めて、最初からぜーんぶ聞かせてもらった」

「でしたら――」

「それを踏まえて言ってるんだよ。二人はこの街に必要な存在だってな」

マッシュはキッパリと言い切った。

心がジーンとなる。

続けて集まった人たちからも声が飛び交う。

「聖女様にはお世話になったんだ！　いきなり出て行けなんてあんまりだろ！」

「そ、そうだ！　聖女様がいなかったら、今頃この街は病でバタバタ人が倒れてた！」

「私の息子も聖女様の力で助かったわ」

「魔王軍なんて関係ねーよ！　俺たちには無敵のロランがいるからな！」

ロランと同じ冒険者の人たちも来てくれていた。

彼らは皆、私の所為でアモンが攻め込んできたことを知っている。

それを話して、理解した上で、私にいてほしいと言ってくれている。

こんなにも嬉しいことがあるのか。

王女様の意見は正しくて、彼らの発言は希望的観測を含んでいる。

たぶん……いいや、間違いなく私が出ていったほうが簡単で、この街にとってはそれが安全だろう。

それなのに――

「皆さん……」

涙があふれてくる。

必要とされる喜びが全身に熱を与える。

私はこの街にいていいのだと、私がこの街にいたいのだと。

今ならハッキリと言える。

でも……。

「皆様の意見はわかりました。ですが、ことは街一つですまない事態まで進んでいます。貴方方がそう望んでも、巻き込まれるのは国中の人たちです」

「っ……そ、それは……」

「国民に対して責任がとれますか？　今の話を聞いて、見知らぬ人々も理解してくれると思いますか？」

王女様は冷たい言葉を口にする。

ただ、そう言いながらも表情は暗くて、申し訳なさそうにも見えた。

彼女の意見は正論で、沸き上がっていた人々の声がシーンと止まる。

皆の気持ちは嬉しい。

私だって、この街に居続けたいと思う。

だけど、それと同じくらい、皆に迷惑をかけたくないとも思う。

きっと出ていくのが正しい。

そう思い始めていた私を、ロランの言葉が引き留める。

「ならば、私が魔王を倒しましょう」

「ロラン？」

「今……なんと言いましたか？」

「私が魔王を倒すと言ったのです。魔王軍さえ壊滅すれば、この国が脅かされる心配はなくなるのでしょう？」

「そ、それはそうですが……本気で言っているのですか？」

「冗談を言える場ではないと理解しています。そもそも原因の一端は私にもありますから」

ロランの過去。

彼は先代魔王の息子であり、アモンを倒したのも彼だった。

そのことが伝わっているのなら、魔王軍の標的は私ではなく、むしろ彼かもしれない。

「ま、待ってロラン！」

「大丈夫ですよ」

心配そうに見つめる私に、ロランは優しく微笑む。

「現魔王は私の父の仇です。聖女様の件を抜きにしても、私には奴と戦う理由があります」

「そ、そうですけど……そうだけど！」

「わかっています。勝てる確信は……正直ありません」

「だったら一緒に逃げましょう！　そのほうが良いわ」

ロランが犠牲になるくらいなら、この街を離れるほうがマシだ。

私は明確にそう思っている。

だけど、ロランは首を横に振る。

「仮に逃げたとしても、奴らは追ってくるでしょう。狙いが私たちならば確実に。いずれ必ずぶつかります」

「でも……」

ロランの言う通りだ。

逃げても結果は変わらない。

そうだとしても、頭では理解していても、私の魂が否定する。

「ロラン……嫌よ」

「申し訳ありません。ですが、これを乗り越えなければ、私たちに平穏は訪れない。だからどうか、私を信じてくれませんか？」

ロランは私の手を握ってそう言った。

顔を見上げる。

いつもの優しい表情で、握っている手が少しだけ震えている。

彼だって恐怖を感じているんだ。

それでも戦おうとしている。

私はその想いに……応えなくてはならない。

でも、やっぱり心配で仕方がない。

すると――

「安心しろよ聖女様！　ロランを一人で行かせたりはしねーから」

「えっ……」

「マッシュ？」

「オレも……いや、オレたちも連れてけよ。そうだろ？」

「そうね」

「うん」

セシリーとルナが肯定して頷く。

ロランは焦って否定しようとする。

「ま、待ってくれ！　気持ちは嬉しいが――」

「実力不足っていうんだろ？　そんなのわかってるさ。だから短期間で良い……オレたちを鍛えてくれ。言っとくが、ダメって言われようがついて行くからな」

「お前ら……」

彼らの目は本気だと、私が見ても伝わった。

ロランは言葉を失い、瞳がうるんでいるようにも見える。

マッシュはニコリと笑いながら言う。

「オレたちは仲間だからな。お前一人を危険な場所に行かせるなんて、絶対に出来ねーよ」

「それに、貴方がいないと悲しむ人が大勢いるのよ」

「うん、わたしたちもそう」

三人の熱い気持ちがロランに向けられる。

彼らの様子を見ていた私が、先に泣き出しそうになる。

そしてもう一人、彼らのことをずっと眺めていた人が、ようやく口を開く。

「良いでしょう」

王女様がそう言い、視線が一斉に向く。

そのまま続けて彼女は言う。

「先ほどの提案を受けます。ただし条件付きです。一月以内に達成されなければ、いかなる理由があろうとも出ていっていただきます。また一か月以内に、魔王軍が国土内の街や都市に侵入した場合は、彼女の身柄を受け渡しします。それでもよろしいですか?」

「はい。それで構いません」

ロランはハッキリと答えた。

王女様の提案は、誰でもわかるほど無茶な内容だ。

それでも可能性があるのだと、ロランは考えているのかもしれない。

少なくとも、彼の目は強く生きている。

負けるつもりなどないと、必ず成功させてみせるという強い意志が宿っていた。

「わかりました。では期間中、私の部下が街に滞在します。何かあればすぐに動きますので、その点はお忘れなきように」

「はい」

そう言って、王女様は教会を去っていく。

一先ず今すぐに出ていく必要はなくなった。

それでも首の皮一枚つながった程度だ。

依然として崖っぷちに立っていることは間違いない。

「一月か……部屋に地図がある」

「おし！　確認しとこうぜ」

ロランはマッシュたちを教会の奥へと案内した。

集まってくれた人たちは事情を把握し、それぞれの生活に戻っていく。

信じてくれた彼らに報いるためにも、絶対に負けられないとロランは言っていた。

「最短最速ルートでも十日かかる。侵攻中の魔王軍も対処していくなら、二十日間はほしいな」

「んじゃ特訓出来るのは十日か」

「ああ。それでどこまでやれるか……三人次第だぞ」

「良いぜ！　やってやるよ！」

「ならさっそく始めよう」

「おう！」

その日から、ロランによる特訓が開始された。

私は特訓の様子をずっと見ていたわけではないけど、激しさと厳しさは伝わってくる。

様子を見に行くと、大抵は三人ともボロボロだったから。

「くっ……そ」

「それじゃ幹部どころか部下にすら勝てないぞ！」

「まだまだぁ！」

一番激しかったのは、マッシュとの特訓だと思う。

互いに気合の入れ方が段違いで、時々発せられる怒声には、僅かながら殺気すら混じっていた。

と、後になってマッシュが言っていた。

それほど厳しい特訓を続けて、十日はあっという間に過ぎていく。

そして――

旅立ちの朝。

教会の周りには、街からも多くの人々が集まっていた。

「チェシャ、聖女様を頼むぞ」

「了解っす！　若様も……絶対に帰ってくるっすよ！」

「ああ」

チェシャは私と留守番。

私はロランと目を合わせる。

彼はニコリと優しく微笑んで、いつも通りのあいさつを口にする。

「では、行って参ります」

私にはその言葉が受け入れられなくて、思わず涙がこぼれてしまう。

「聖女様？」

「ごめんなさい……でも、やっぱり嫌なの」

覚悟はしたつもりだった。

必ず帰ると言ってくれた彼を信じようと。

だけど、もしもこれが最後になってしまったらと思うと……どうしようもなく不安になる。

駄目だとわかっているのに、このまま逃げてしまいたいと思う。

だって私は……まだ何も伝えていない。

胸に秘めた本当の気持ちを、ちゃんと言葉にしていない。

「ロラン……私は――」

言葉を紡ぐ途中で、ロランが私の頭を撫でてくれた。

「それは帰った後で、私から伝えたい」

「ロラン……」

「だから我儘《わがまま》を言います。どうか、信じて待っていてください。必ず戻ります。そのときに――」

「ええ、待つわ！　帰らなかったら呪ってしまうわよ」

「ははっ、それは困りますね。死ねない理由がまた一つ増えました」

そう。

だから必ず帰ってきて。

彼が私に伝えたいことがあるように、私にも伝えたいことがあるから。

そうして、ロランたちは旅立った。

◇◇◇

ロランたちが旅立って一時間後。

たった一時間しか経過していないのに、かつてない寂しさが押し寄せてきた。

教会を歩き回っても、彼の姿はない。

時計の針が夕刻に近づいても、彼は帰って来ない。

そう思うと、寂しくて、辛くて、苦しくなる。

信じると誓ったばかりなのに……自分の弱さが恥ずかしい。

「大丈夫っすよ」

「チェシャ」

不安そうにしていると、チェシャが隣に座ってくれた。

肌が当たるほど近くにいると、一人じゃないと実感出来るから、少しだけ安心出来る。

「チェシャはよかったの？」

「留守番のことっすか？」

私はこくりと頷いた。

チェシャはロランを守りたくて、いなくなった彼を捜していた。

そんな彼女だからこそ、一緒に行きたかったはずだと思う。

「まぁ……正直に言えばついて行きたかったっすよ」

やっぱりそうだ。

「でも仕方ないっすよ。若様から本気で頼まれたっすから……自分がいない間、聖女様を守ってほしいって」

そう言って、チェシャは寂しそうに笑う。

本当はロランの傍にいたいと思いながら、彼の願いを無視出来ない。

頼んでいる所を、私も直接目にしていた。

ロランの真剣な表情は、今でもはっきりと覚えている。

「ウチは若様を守りたい……若様の願いも守りたい。だから死なせないっす」

「チェシャ……ありがとう」

「それは全部終わってからのセリフっすよ」

「そうね……」

「心配いらないっすよ？　若様は世界で一番強いっす。必ず勝って、ここに戻ってくるっすよ」

そうだ。

私は信じるしかない。

彼が戻ってくるまで、信じて生き延びる。

もう一度会うために……会って気持ちを伝え合うまで、私たちは死ねない。


出発から七日後。

伝令役の騎士が街にやって来た。

国土に侵入していた魔王軍とロランたちが交戦。

見事に勝利し、魔界へ旅路を続けているそうだ。

「よかった……」

「当たり前っすよ」

さらに五日後。

魔王軍の幹部が率いる部隊と交戦になったらしい。

相手は一万を超える軍勢を率いていて、隣国の騎士団と協力しながら戦ったそうだ。

一日中戦いは続いて、ロランが敵将を打ち取ったことで、戦いは勝利に終わったという。

その三日後。
ロランたちは魔界へと足を踏み入れた。
観測出来たのはこれが最後で、それ以降は伝令も届かない。
魔王軍の侵攻は一先ず止まっている。
次にわかるとすれば、全ての決着がついた時。
彼らが帰還するのか。
再び魔王軍が侵攻を再開したのなら、最悪の結末を示している。
私たちに出来ることは、本当の意味で祈るだけ。
この祈りには何の力も宿っていない。
ただひたすらに、彼らを信じて待ち続ける。

◇◇◇

この場所で暮らしていたのは、十年以上前のことだ。
父と母と一緒に……平和を満喫していた。
それも突然終わってしまって、全てを失った瞬間を……俺は未だに覚えている。
きっと忘れられないだろうと思う。
少なくとも、この胸の奥に燃える炎が消えない限り、脳裏からは離れない。

「ロラン！　先に行け！」

「マッシュ！　だが……」

「いいから行け！　ここはオレたちで十分だ！」

大剣を振り回しながら、マッシュは叫んだ。

魔王城の中は、上位の悪魔たちが待ち受けている。

次々に襲い掛かってきて、俺たちは前に進めていない。

「マッシュの言う通りよ！」

「セシリー」

「私たちなら大丈夫！　貴方は目的を果たしに行って！」

セシリーの矢がマッシュの背中を守る。

彼女の隣では、ルナが魔法陣を展開していた。

「魔王を倒して。ロランにしか出来ない」

ルナが魔法を放つ。

三人の言葉を胸にしまい、俺は自分のやるべきことを見出す。

「わかった！　絶対……絶対に死ぬなよ！」

「当たり前だ！」

「自分の心配しなさいよ！」

「任せて！」

悪魔たちを三人に任せ、俺は魔王城の最上階へと駆け上がる。

中は以前と変わっていない。

幼い俺が過ごした城と同じ造りだ。

この階段も、何度上ったのかわからない。

どれだけ待ち望んだことだろう。

父と母の想い……聖女様と交わした約束。

全部を一つにして、俺はここへたどり着いた。

そして遂に──

「待っていたぞ──この瞬間を」

「私は考えもしなかったですよ……ベルゼぼっちゃま」

俺と現魔王は邂逅した。

「久しぶりだな、ルシファー」

「ええ……本当にお久しぶりです」

魔王ルシファー。

先代魔王の側近にして、クーデターの首謀者。

彼が父に意見している姿を何度も目にしていた。

父はそれに耳を貸さず、ルシファーが陰で不満を漏らしていたことも知っている。

だからこそ、今さら理由を問う必要はない。

何を聞いても、何を知っても、俺のやるべきことは揺らがない。

「ルシファー、お前を倒しに来たぞ」

「残念ですがそれは不可能です」

互いに魔剣を取り出し、切っ先を向ける。

俺はすでに悪魔の力を解放して、頭から角を生やしていた。

「まさかお忘れですか？　先代……貴方の父を打倒したのは私ですよ」

「だからこそだろ」

「そうですか……仕方ありませんね」

ガラン。

何かが倒れる音がして、互いの姿が一瞬消える。

次に聞こえたのは、剣がぶつかり合う金属音だった。

「死んでもらいます」

「お前がな！」

戦いの火ぶたは切られた。

悪魔には生まれながらに優劣が存在する。

上位と下位では、生まれ持った才能が全く違う。

ルシファーは上位の中でも、極めて優れた才能を持っていた。

身体能力、魔力、頭脳。

どれをとっても、彼に並ぶ者はいなかった。

ただ一人……先代魔王を除いて。

「私も最初から、先代を裏切ろうと思ってはいませんでしたよ。彼の強さ、カリスマ性は私より優れていた。尊敬していたのですよ、純粋に」

「何を今さら！」

「ですが、先代には欲が欠けていた。支配者たる魔王として、それは致命的でした。だから私は何度も伝えました。魔王らしい振る舞いをしてほしいと」

だが、先代魔王はそれに応えなかった。

下等種族と蔑んでいた人間や、チェシャのような逸れ者にも平等に接していた。

それをルシファーは容認出来なかったのだ。

「あの結末は必然だったのですよ」

戦いは激化し、魔王城の外に及ぶ。

◇◇◇

ロランの帰りを待つ中、私は昔のことを思い出していた。

王都の教会で過ごしていたころ。

「ユリウス様と？」

「そうよ。さっき国王様から言われたわ」

「了承なされたのですか？」

「決定事項だったのよ」

ユリウス様との婚約は、私の知らない所で話が進んでいた。

正式に言い渡された時には、もう断る段階はすぎてしまっていた。

「よろしかったのですか？」

「う〜ん、まぁ悪くは思わないわね。ユリウス様は素敵な男性だと思うし」

すでに何度か顔を合わせていたから、どんな人かは知っていた。

王子様を絵に描いたような人物で、顔も性格も完璧だと思う。

私にはハッキリわからなかったけど、普通の女性なら間違いなく羨ましがるはず。

「それに今さら言っても遅いわよ。決まっていることだもの」

「そう……ですね。聖女様が納得されているのなら、私は良いと思います」

ロランは笑っていた。

私には、その笑顔に含まれる感情を読み取れなかった。

今ならわかる。

きっとロランは、あの頃からずっと同じ気持ちでいてくれた。

ちゃんと謝りたい。

謝って、私からも気持ちを伝えたい。

だからどうか――

「死なないで、ロラン」

◇◇◇

「はぁ……はぁ、今……」

聖女様の声が聞こえた気がした。

俺は乱れた呼吸を整えようと、大きく息を吸う。

土煙の中から姿を現したルシファーは、余裕の表情で俺に言う。

「もう理解したのではありませんか？」

「何がだ？」

「とぼけないでください。私と貴方の実力差についてです」

見るからに劣勢。

ボロボロの俺に対して、ルシファーは軽い怪我をしている程度。

それも魔法で瞬時に回復してしまう。

「思ったより強かったです。さすがは先代の血を引いている……ですが、所詮は人間との混ざりものに過ぎない」

魔力量、魔法のセンス、肉体の強度。

純粋な悪魔であるルシファーの方が、確実に上回っている部分は多い。

その差が如実に表れ、ここまで劣勢を強いられていた。

だけど、今の攻防で確信が持てたこともある。

「そろそろ終わらせて――」

「やっぱりな」

「……何がです?」

「ルシファー、お前は先代魔王より強くなんかない」

ルシファーが不機嫌そうな表情を見せる。

「ふざけているのですか?」

「いいや、本気で言っているさ」

確かに俺は混ざりものだ。

父ほど圧倒的な魔力は持っていない。

母のように優れた剣術の才能もない。

でも……そんな俺でも、ルシファーと戦えている。

「本当に先代より強いのなら戦いにすらならない」

それほどの実力差が、今の俺と先代にはある。

こうして戦いになっている時点で、彼は先代に及んでいない。

「そもそも父は……同族と戦うことを望んでいなかった。本当は戦ってもいないいんじゃないのか？」

「何が言いたいのです」

「俺の父ならきっと、お前を説得しようとしたはずだ」

ルシファーがピクリと反応する。

これは仮説だが、父さんはルシファーと戦っていない。

戦わず、話し合って和解しようと考えた。

しかし彼は、有無を言わさず戦い、父は無抵抗で敗れたんだ。

そうでなければ、父が敗北するなんて考えられない。

当時の父は、一人で魔界中の悪魔を敵に回せる強さを持っていたのだから。

「お前はただの卑怯者だ」

「……遺言はそれですべてでよろしいか？」

「いいや、まだ一つあるぞ」

遺言ではないけどな。

「魔法は父に及ばないし、剣術も母には届かない。それでも……二つ合わせれば俺は最強だ。今からそれを――証明しよう」

ここからが本当の戦いだ。

エピローグ

一か月を、これほど長く感じたことはない。ゆっくりと進んでいく時間は、私にとっては苦痛だった。まだか、まだかと待ちわびる。

「聖女様、ちゃんと食べなきゃ駄目っすよ」

「……うん。ごめんね」

日が経つにつれ、嫌な想像ばかりしてしまう。このまま、彼が帰ってこなかったらどうしよう、とか。また私の所為で、たくさんの人が傷つくことになったら……とか。

時にありえない想像すら浮かんで、夜には悪夢を見ることも増えた。食事は好きだったのに、ほとんど喉を通らない。

それでも食べないと生きられないから、私は頑張って料理を口へ運ぶ。そんな私を、チェシャは心配そうに見つめていた。

「大丈夫よ。さぁ、お仕事しないと。もう教会で、悩みを抱えた人が待っているかもしれないわ」

「無理しちゃダメっすよ。こんな時くらい休んでも良いのに」

「ううん、不安なのはみんなも同じだから。それに……私は聖女だもの。サボってばかりいたら、彼が帰ってきたときに怒られちゃうわ」

「聖女様……」

チェシャの心配そうな顔は変わらない。無理をしていることなんて、自分でもわかっている。だけど、何もせず待っている方が辛い。

何かをし続けている方が気も紛れる。

だから私は、これまでの日常をなぞるように、教会で祈り続けた。来る日も、来る日も祈り続けた。

今は……私の隣に彼はいないけど、必ず戻ってくる。

そう信じて、くじけそうになる心を何とか保って、今日を生きていく。

大丈夫、きっと大丈夫だから。自分で自分に言い聞かせていないと、涙で瞳が満たされてしまいそうだった。

そんな時こそ心の中で叫ぶ。

彼への想いを――

「聖女様！」

チェシャが教会の扉を開けた。

彼女の声が、表情が、何もかもを知らせてくれる。

私は立ち上がり、思いっきり走った。

聖女らしからぬ表情で、なりふりなど構わずに駆け抜けた。

街の入り口に、多くの人が集まっている。

私がそこへたどり着くと、彼らは一斉に道を空けてくれた。

その先には――

「ただいま戻りました。聖女様」

「ロラン」

彼がいた。

たった一か月が、永遠にすら感じられた。

それくらいの時間が、私の中では経過していた。

互いに歩み寄る。

今すぐに抱き合いたい。

だけど、先に伝えるべきことがある。

「約束を」

「ええ」

ロランは懐から小さなケースを取り出した。

それをパカリと開く。

「指輪？」

「はい。ネックレスを選んだ時、一緒に買ってあったんです」

そのネックレスは、今も私の首にかかっている。

全ては……、

「聖女様、私は貴女を――愛しています」

この一言のために。

必ず帰るという約束を果たし、彼は私にそう告げた。

私の答えは、最初から決まっている。

「私も……大好きよ」

溢れる涙は温かい。

互いの鼓動が聞き取れるほど近く、抱き寄せ合い、確かめ合う。

生きているということを。

想いが通じ合ったということを。

私たちには明日がある。

ずっと続く未来で、二人が笑っていられる光景を、瞳の奥で見つめている。

閑話1．いつもと変わらない？

ロランが私の指に指輪をはめてくれた。

以前に貰ったネックレスも、私の胸にかかっている。

そして──

「聖女様、私は貴女を──愛しています」

「私も……大好きよ」

互いの想いが通じ合った瞬間。

私の心は熱くなって、震えあがって、はち切れそうになった。

嬉しい、ただ嬉しい。

嘘偽りのない感情だ。

それ以上の言葉が出てこないほど、私は満ち足りていた。


それなのに……。

「はぁ……」

「聖女様、どうかされましたか?」

口から出るのは大きなため息だった。

教会で務めを果たしている最中で、牧師服のロランが尋ねてくる。

私は彼をじとーっと見つめながら言う。

「いつも通り過ぎるわ」

「えぇ?」

「だって、ロランは私のことが……好きなのよね?」

自分で言っていて恥ずかしくなる。

途中から声量が小さくなったけど、彼には聞こえているだろうか?

「もちろん、愛しています」

「――そ、そうよね? 私も……好き」

ロランがニコリと微笑む。

優しくて甘い笑顔に、思わずきゅんとなる。

「で、でも変じゃない!」

「何がですか?」

「以前となんにも変わっていないわ! 態度も、生活も普段通り過ぎるのよ!」

「そ、そうでしょうか?」

「そうよ! あの日のことが嘘じゃないかって思えるくらいね」

生活が変わらないのは仕方がない。

聖女としての役割も、この街では必要なことだから。

それは仕方がないとして、ロランの普段通り感はちょっと気に入らないわ。

普通に朝も起こしに来るし、接し方もいつも通り。

想いを伝え合った者同士よ？

もっとこう、なんというか……色々あると思うわけ。

「聖女様」

そんなことを悶々と考えていた私を、ロランが呼ぶ。

申し訳なさそうな顔で、彼はこう言う。

「聖女様のお気持ちはわかります。ただ……」

「ただ？」

彼が視線を向けた先に、私も顔を動かす。

教会の窓ガラスや、入り口付近に、若い男女の人だかりが出来ていた。

彼らは私に相談をしに来たわけではない。

見に来ているだけ。

私を、というより、私たち二人の様子を。

「御覧の通り、街の人の目もありますので」

「……そうだったわね」

盛大に告白をした影響だろう。

見せつけたつもりはなくても、たくさんの人たちの記憶に残っている。

噂に聞いた話だと、私たちをモデルにした恋愛小説まで作られているとか、いないとか。

たった数日で、街一番のカップル認定もされているらしい。

それは正直嬉しいけど、お陰でいろんな視線を感じるようになった。

教会にいる時も、休んでいる時でさえ、以前よりも気が抜けない。

「申し訳ありません」

「別に良いわ。ロランが悪いことなんてないもの」

だけど、やっぱりイチャイチャしたいと思ってしまう。

私は自分が思っている以上に乙女だとわかった。

その日の夜。

いつものように食事をして、寝る前にシャワーを浴びようとする。

「聖女様、シャワーは待ってください」

「え、どうして?」

「いえ、今日は星も綺麗なので、夜の散歩に行こうかと」

「散歩？　二人で?」

「もちろんです。嫌でしたか?」

「ううん、行きたいわ！」

ロランと二人で夜の散歩。

何だかデートみたいで楽しそう。

でも、昼間に話していたことが思い浮かぶ。

もう夜も遅いけど、見ている人も意外と多いし……。

「心配は無用ですよ。私にお任せください」

「ロラン？」

彼はそっと手を差し伸べている。

私が彼の手を握ると――

「うわっ！」

「手荒くてすみません。このままいきます」

「え、えぇ？」

急に手を引かれ、抱きかかえられた私はプチパニック状態。

そのまま外へ出ると、案の定何人か人がいて、指を差されている。

「しっかり摑まっていてくださいね！」

「は、はい！」

よくわからないまま、私は彼の身体にしがみ付く。

次の瞬間、強い風と衝撃が押し寄せて、思わず目を瞑った。

勢いが止まって、さっきより寒さを感じる。

「目を開けてください」

「……ここって」

「はい。雲の上ですよ」

抱きかかえられた私は、街を見下ろせる上空にいた。

街の光が星のようにキラキラしている。

上には本物の星があって、まるで二つの夜空に挟まれているみたい。

「ここなら誰にも邪魔されませんからね？　ちょっと寒いですが」

「ロラン」

「私も同じ気持ちですから」

今まで通りでも、ちゃんと変わっていた。

夢なんかじゃない。

想いが通じ合っていることも、互いを見る瞳が、前より濃くなっていることも。

「少しずつ慣れていきましょう」

「ええ」

誰もいない、誰も見えない夜空の中。

私たちは唇を重ねる。

こういう瞬間があるなら、普段通りも悪くないわね。

閑話2．聖女の印

妙な気配を感じて、私はゆっくりと瞼を開けた。
見慣れたはずの天井は、なぜだか違和感をぬぐえない。
むくっと身体を起こしても、何だかぷかぷか浮いている感じがする。
外へ目を向けると、日差しが強いのか眩しい。
「もうこんな時間……」
仕度をしなきゃと思って、私はベッドから降りた。
聖女の服はいつもの場所にある。
着替えてから、身だしなみも整えよう。
そう思って、私は洗面台の前の鏡に目をやった。
「あれ？」
おかしい。
一目見て気付いた。
はだけた胸元に、あるはずのものがない。

私が何者であるかの証明。

聖女を聖女たらしめる印――刻印が消えていた。

「ない……ない？　どうしてないの!?」

私はひどく焦っていた。

刻印がなくなるなんて、考えもしなかったから。

昨日までは確かにあったのに、今朝になったら消えているなんて……。

そんな話は聞いたことがない。


「そうだ！　ロランに――」

彼に相談しなければ。

そう思って部屋を飛び出し、彼を探した。

キッチンにいなかったし、もしかすると祭壇にいるかもしれない。

なぜかそう思って、私は祭壇へ走った。

思った通り、彼は祭壇で待っていたけど、牧師の服を着ていない。

騎士らしい服装のロランは久しぶりに見る。

「そんなことより！　ロラン！」

「聖女様、お待ちしておりました」

「大変なの！　これを見て！」

がばっと胸が見えるように服を開く。

そこにあるはずの刻印がないことを、私は必死にアピールした。

すると、ロランは見たことのないような冷たい視線を向ける。

「そうですか。貴女はやはり偽物だったのですね」

「えっ……どういう」

「薄々気づいてはいたんですよ。これでハッキリしました。私は貴女に騙されていたということが」

「ち、違うわロラン！　私は騙してなんて」

ロランの姿がぱっと消える。

周囲の景色も変化し、真っ暗な中を漂う。

「ほら見なさい！　本物の聖女はこの私なのよ！」

「王女様？」

「はっはっは、インチキ聖女とは言いえて妙。我々もすっかり騙されていたとは恥ずかしい限りですな」

「アルフレッド伯爵様も――」

彼女たちだけではない。

王国の民が、私を指さしてこう呼ぶ。

インチキ聖女！

裏切者はここから出て行け！

「なんで？　どうしてこんな――」

私は叫んだ。

声にならない叫びを。全てを失ってしまったのだと。

そうして全身に衝撃が走る。

「っ――はっ！　はぁ、はぁ……夢？」

目が覚めた。

今度こそ本当の意味で。

私は自分の胸元を確認して、刻印があることにほっとする。

けれどもそれだけでは不安で、急いで起き上がって向かったのはロランの所だった。

「ロラン！」

「おはようございます。珍しいですね、聖女様が一人でっ……どうして寝間着のままなのですか？」

「そんなことはいいの！　ねぇロラン、私の胸を見て！」

「……はい？」

五分後――

「落ち着きましたか？」

「う……はい」

冷静さを取り戻した私は、顔を真っ赤にして椅子に座っていた。

ロランが淹れてくれた紅茶を飲んで、少しは心も温まっている。

私は何があったのかを彼に説明した。

「なるほど。そんな夢を見ていたのですか」

「そうなの……本当に怖かったわ」

「でしょうね。あの取り乱しようは中々でしたから」

「ぅ……」

恥ずかしさが膨れ上がる。

「私も安心しましたよ。聖女様が痴女になられたのかと思いましたから……」

「痴女!? そんなことありえないわ！」

「すみません。私も早とちりが過ぎました」

ロランが慌てて謝ってくれた。

でも、よく思い返してみると、謝るべきは自分だとわかった。

会っていきなり胸を見てほしいなんて……痴女と思われても仕方がない。

「はぁ……」

「しかし朝から災難でしたね」

「本当よ」

今から思い返せば、夢だとはっきりわかる。

目覚めた場所が王国の教会だったし、ロランも騎士服だった。

そこにいるはずのない人もいて、景色も真っ黒になっていた。

夢というのは恐ろしい。

怖いと思うほど、そういう演出になっていくから。

ふと、悪夢をきっかけに忘れていたことを思い出す。

「そういえば、王女様の刻印って何だったのかしら」

「もちろん偽物ですよ」

「そうよね……」

「はい。王女様は信じ切っていらっしゃいましたが、全て伯爵が仕込んだものだったと思います」

夢にも出てきたアルフレッド伯爵。

彼の企みで、私はまんまと偽物聖女に仕立て上げられた。

刻印も上手く王女様を乗せて貼り付けたのだろう。

実際に披露された聖女の力も、特別な部屋でしか使えない魔法だったから。

「でもそっくりだったわ」

「似せることは簡単です。神に背く行為ですので、普通は誰もやらないですが」

「伯爵は堂々とやっていたわね」

「はい。そもそも刻印はただの印です。そこに力が宿っているわけではないですからね」

わかっていたつもりでも、あの時は追い詰められて冷静な分析も出来なかった。

今だからハッキリわかることもある。

「どっちにしても夢で安心したわ。もし本当に刻印がなくなったら……」

夢の中と同じように、いろんな人が私を見捨てるかもしれない。

そんな不安を漠然と感じてしまう。

「お言葉ですが、私は聖女様が聖女だから一緒にいるわけではありませんよ？」

「えっ……」

「言わなければわかりませんか？」

「……大丈夫です」

ロランはずるい。

不安な時に、そんな風に言ってしまえるんだから。

閑話3．恋愛相談？

その日はとても穏やかな陽気に包まれていた。

いつも通りに教会で過ごしていると、一人の女性が訪ねてきた。

酷く息を切らしていて、切羽詰まっている感じが読み取れる。

私とロランは聞く姿勢を整える。

「あ、あの……相談があるのですが、聞いていただけないでしょうか？」

「もちろんです。私で良ければ相談にのりましょう」

「いえ、今日は聖女様だけではなく――」

そう言って、女性は私とロランに視線を送る。

「聖女様と牧師様、お二人に相談したいことがあるんです」

「えっ、私にもですか？」

女性はこくりと頷く。

私とロランは互いに顔を見合わせた。

ロランが尋ねる。

「どういった内容の相談ですか？」

「えっと……実は私、ずっと好きな人がいて」

途中まで聞いて察する。

どうやら恋愛相談をしたいらしい。

そういう類《たぐい》の相談は、あまり得意ではないのだけど……。

「思い切って告白しようと思うんです！」

「ほう。それは良いことですね」

「で、でも勇気がなくて……失敗したらと思うと上手くしゃべれないんです。だからその、お二人の意見を伺いたくて」

女性はモジモジしながらそう言った。

私はその女性に尋ねる。

「告白の仕方をでしょうか？」

「は、はい！　街一番のカップルであるお二人なら、最高の告白の方法を知っているのではないかと思ったので！」

街一番のカップル!?

そ、そういえば……そういう話も上がっていたわね。

連日押し寄せる物見客も減ってきて、落ち着いてきたと思ったのに。

「どうかご教授を！」

「と、とりあえず場所を変えましょう。ここだと他の方も見えますし、とてもプライベートな内容ですから」

「は、はい！　お願いします」

私たちは彼女を連れて、奥の部屋で話を聞くことに。

テーブルを挟んで座ってから、ロランが改めて尋ねる。


「貴女のお名前は？」

「オリアナです」

「オリアナさんですね。告白の方法を知りたいという話でしたが」

「はい。えっと……詳しく説明すると、私にはジェリクっていう幼馴染がいるんです」

「その人が想い人ですか？」

オリアナは照れながらこくりと頷いた。

幼馴染か。

長い間一緒に過ごしていて、いつの間にか好きになっていたのかな？

私とロランも、色々と掘り起こしてみると幼馴染みたいな関係だし、少しは共感出来るところもありそう。

それにしても、ロランは冷静に対応しているわね。

「向こうはどんな感じなのですか？」

「それがその……私にはわからなくて。嫌われてはないと思います。ただ、ずっと一緒にいたので、兄妹みたいに思われてるかも」

それはあるかもしれない。

私自身、以前はロランのことを恋愛対象としては見ていなかった。

小さい頃から一緒にいると、距離感とか好意が麻痺しやすい。

「なるほど。ちなみに彼はどんな人ですか？」

「すっごく優しいです！　あと運動も得意だし、料理も出来るんです。それから――」

そこから怒濤のように出てくるエピソード。

止まることなく、のろけ話が続く。

ロランは頷いて聞いているけど、内心はしまったと思っているに違いない。

聞いているこっちが恥ずかしくなる。

とりあえず、彼女が彼のことを大好きなのだとは伝わった。

「それから！」

「わ、わかりました。ではどうして、今告白しようと思ったのですか？」

ロランが強引に話を戻した。

すると、オリアナが暗い表情になる。

「彼にお見合いの話が来てるみたいなんです」

「お見合いですか」

「はい。両親が持ってきた話らしくて、家を継ぐならそろそろ相手を探せって」

その話を偶然聞いてしまったらしい。

それで焦って、私たちに相談しに来たというわけか。

「彼が他の人と……そんなの絶対嫌なんです！　だから、だからどうしても……」

そんな彼女を見て、私とロランは目を合わせる。

これはもう、答えが出ている問題だ。

「聖女様から」

「そうね。オリアナさん」

「はい」

「彼のこと、大好きなんですよね？」

「はい！」

「そう。ならその気持ちを真っすぐにぶつければ良いのです。下手な言葉や方法に頼るより、心をそのまま表に出しましょう。それが一番、彼に届くと思います」

上手い言い回しも、ムードも必要ない。

ただ好きなのだと。

ハッキリ、堂々と伝えれば、気持ちは伝わるはずだ。

それにたぶん、向こうも答えは決まっているんじゃないかしら？

「後は勇気だけです。後悔しないように」

「聖女様、牧師様……」

オリアナは覚悟を決めた目を見せる。

「わかりました！　私、頑張ってみます！」

「はい」

相談というより応援とか後押しに近い。

彼女は教会を去っていく。

見送りながら、ロランはぼそりと呟く。

「上手くいくと良いですね」

「大丈夫よ。私たちが気づけたんだもの」

「――はっはは、確かに」

種族や因縁を飛び越えて、心で繋がる。

それは私たちが成しえた奇跡の一つ。

だからきっと、彼女たちも心配はいらないだろう。

ちなみに、この後数分してから……、
相手の男性も相談に来たときは、さすがに呆れて笑ってしまった。

書き下ろし番外編　幸福のパンケーキ

何気ない一日が始まる。普段との違いをあげるなら、いつもはロランに起こしてもらっていたけど、今日は自分で起きて着替えているということ。別に特別な理由なんてない。ちょっとだけ気温が上がり、寝苦しさに目が覚めてしまっただけだ。

着替えを済ませた後は、ロランがいるキッチンに足を運んだ。美味しそうな香りに誘われて覗き込む。すると、ロランが足音に気付いて振り向く。

「聖女様？」

「そうよ？　おはよう、ロラン」

「おはようございます。どうしたんですか？　こんなに早く起きてくるなんて」

ロランはそう言うけど、時計を見ると普段と五分くらいしか変わらない。早いというほどの差はなかった。でもロランはすごく驚いていて、目をパッチリ丸くしていた。

「そんなに珍しいかしら？　私が一人で起きてくるのって」

「ええ。そろそろ伺おうかと思っていた所なので、余計に驚きました」

「素直に答えられるとなんだか複雑な気分ね」

「すみません」

冗談を言うみたいな顔で謝罪をしたロランは、まだ少し驚いているような様子だった。夢でも見ているような、疑っているような瞳で私を見る。

普段から彼に起こしてもらっているし、あまり反論は出来ない立場なのはわかっているのだけど。ちょっと驚きすぎじゃないかと呆れてしまう。

「もう少し待っていてください。すぐに朝食を準備しますので」

「わかったわ」

納得いかない気分を残して、私はテーブルの前の椅子に腰を下ろす。それと同じタイミングで、窓がガラッと開いた。窓を開けて入ってきたのは、黒い毛並みの猫だった。

「おはよう、チェシャ」

「おはようであります！　聖女様」

黒猫は瞬く間に姿を女の子へと変化させた。チェシャはロランに視線を向ける。

「若様！　見回りが終わったっす！」

「そうか。その様子だと、今日も異常はなかったみたいだね」

「はいっす！　教会の周りと街の周辺、どっちもいつもと変わりなかったっす！」

「ご苦労様だ。チェシャも待っていて」

ロランが優しく労《ねぎら》い、チェシャも机にちょこんと座る。最初は黒猫の姿で食事をしていたけど、最近は人型でいることが多い。理由は人型のほうが、ロランの料理がたくさん食べられるからだそうだ。

「いつもありがとう、チェシャ」

「別にお礼を言われることじゃないっすよ！　若様と聖女様のためっすから！」

満面の笑みでそう言ってくれるチェシャ。悪魔の襲撃がある前から、私たちを守るために毎日頑張ってくれている。それをお願いしたのはロランで、彼も変わらず私の傍にいてくれる。

感謝してもしたりないくらい……ありがとうと何度も伝えたけど、それだけじゃ足りない気もしていて。

何かお礼は出来ないかと、朝食の準備をするロランの姿を眺めていた。

そういえば、ロランが料理をしている姿をこうして見るのは久しぶりだ。いつも私が気付く前に用意してくれるから、一緒に暮らしていてもまじまじと見る機会は少なかった。

「料理……私もしてみようかな」

「――え？」

何気なく出た言葉に、ロランが過剰な反応を見せた。早起きしたさっきのことより、今のほうが驚いているように見えるのは、たぶん気のせいじゃないと思う。

「な、何よ……そんなに驚くことなの？」

「い、いえその……驚きますよ。今まで一度もそんなこと言わなかったじゃないですか」

「それはそうね」

今までは料理をしてみようか、なんて思ったこともなかったし。だって見るからに大変そうで、私には出来ない気がしたから。今だって、お礼がしたいという気持ちがなかったら、口にしなかった言葉だと思う。

ロランが驚くのもよくわかる。

「それで、私も料理をしてみたいのだけど」

「うーん……料理ですか。正直なことを言えば、あまりおすすめ出来ませんね」

「どうして？」

「料理と一言に言っても色々ありますが、刃物を使う場合もあるので、聖女様には危ないかなと」

私が怪我をするかもしれないという心配を、ロランは口にした。何となく、今みたいな理由で断られるような気はしていたけど。

「でも私に料理が出来るようになったら、ロランのお手伝いが出来るわ」

「そういう気遣いはお気持ちだけで充分嬉しいですよ」

こういう風に言うロランには、何を言っても同じような返答が返ってくるだけだ。そこまで強い気持ちがあって言ったことじゃないけど、否定されたら多少はムキになる。

「ちょっと試すくらいしてもいいじゃない」

と、ロランには聞こえない声で呟いた私は、どうやってロランを説得しようか考えていた。

そうだわ。私が言っても聞いてくれなさそうだし、こういう時は——

◇◇◇

「フレメアから聞いたわ。料理くらい教えてあげなさいよ」

「……そうきましたか」

ロランの冒険者仲間で、私のお友達セシリーに相談して、一緒に説得してもらうことにした。彼の様子を見る限り、思った以上に効果は抜群のようだ。

セシリーは駄目押してさらに説得する。

「ロランの懸念は、フレメアが怪我をするかもってことでしょ？　だったら刃物を使わない料理にすれば？　例えばそうね……パンケーキとか簡単よ」

「そう……ですね。まぁあれなら包丁も使わないですし。でも手は汚れますよ？」

「それくらいは良いでしょ？　美術品じゃないんだから」

どこまで過保護なのよ、とセシリーは呆れてため息を漏らしていた。彼女の言う通り、手が汚れるくらい私は気にしないのに。

「ねぇ、ロラン」

「……わかりました。じゃあ今から準備しますね」

セシリーの説得に折れて、ようやくロランが重い腰を上げてくれた。私がセシリーに顔を向けると、彼女はニコリと微笑む。

「それじゃ、私は帰るわね」

「え？　せっかくだしセシリーも一緒に」

途中まで言いかけた私に、セシリーが歩み寄ってくる。彼女は私の耳元に顔を近づけ、ロランには聞こえない小声で言う。

「二人きりの時間を邪魔するつもりはないわ」

「セ、セシリー！」

「ふふっ、それじゃしっかりね」

最後の最後にからかわれて、ちょっと顔が赤くなる。ロランには聞こえていないから、彼はキョトンとした表情をしていた。

「な、何でもないわ」

「そうですか？　では始めますのでキッチンへ」

それからロランに教わって、一緒にパンケーキを焼いてみた。セシリーは簡単だから、なんて言ってくれたけど、私には初めてのことばかりで大変だった。

焼く時なんて、特にロランは心配そうに私を見守っていた。料理とは別の緊張感を感じながら、私は思い出す。

料理を作ることが目的じゃなくて、彼に対するお礼がしたかったことを。思い出してから、ロランのことをずっと考えていて。

そこへチェシャも合流する。

「甘い香りがするっすね～」

「ああ。聖女様と一緒にパンケーキを焼いたんだ」

そうしてパンケーキは出来上がった。見た目はとても美味しそうで、味もきっとロランに手伝ってもらったから悪くないと思う。

あとはそう、彼に伝えるだけで良い。

「あ、あのね？　ロラン」

「聖女様？」

どうしてだろう。お礼を言いたいだけなのに緊張して、顔が熱くなっていく。お礼だけじゃない気持ちが、私の胸の奥にはある。それが何なのかわからないけど……ただ今は、ちゃんとお礼を言いたい。

勇気を振り絞り、胸に手を当てて口にする。

「い、いつもありがとう！　一緒にいてくれて、私を守ってくれて。チェシャも、私のために毎日見回りしてくれて」

「聖女様……」

ちゃんと言えた。ハッキリと感謝の言葉を。

ありがとうと口にする機会は多いし、彼にそう言うことだってある。でも今日はいつもと違っていて、恥ずかしさが込み上げてくる。

「もしかして……最初からこれも私のために？」

ロランの質問に顔を背けながら、こくりと頷く。やっぱり恥ずかしくて、彼の顔がちゃんと見れない。

彼はどんな顔をしているのかな？

戸惑っているかな？

それとも……喜んでくれているのかな？

少しだけ不安になった私を、ロランが呼ぶ。

「聖女様」

優しい声に誘われて、私は逸らしていた目を彼に戻す。

「ありがとうございます」

声の優しさと同じくらい温かな笑顔でそう言ってくれた。それが嬉しくて、幸せで……私の胸は満たされていた。

あとがき

皆さん初めまして、日之影ソラと申します。

まずは最後まで読んでいただきありがとうございます。フレメアの可愛さや、ロランの真っすぐさなど、キャラクターの個性はもちろん、二人の淡い恋模様が少しでも伝わって頂けたなら嬉しく思います。

WEB版から読んで頂いている方もいらっしゃるかもしれません。WEB版よりも断然読みやすくなっていると思います。

これまで男性主人公作品や、冒険ファンタジーばかり執筆してきて、本作が初の女性主人公作品になります。恋愛を主題にして書き始めましたが、慣れていない分なかなか大変でした。特にフレメアの心情を考えながら、二人の距離感を保ちつつ、どのタイミングでどうやって進展したかが伝わるようにと思っていました。

女性読者様はもちろん、男性読者様にも目を引く作品になっていれば幸いです。

最後に素敵なイラストを描いていただいたChum先生を始め、書籍化作業に根気強く取り組んでくださった編集部のTさんとOさん、WEB版から本作を読んで頂いている読者の方々など。本作に関わってくださった全ての方々に、今一度最上の感謝を。

では、また機会がございましたら、二巻でお会いできると嬉しいです。

発売おめでとうございます
Chum《ーちゃむー》♡

EARTH STAR
NOVEL

インチキ聖女と言われたので、
国を出てのんびり暮らそうと思います 1

発行 ―――――― 2021年5月15日 初版第1刷発行

著者 ―――――― 日之影ソラ

イラストレーター ―――――― Chum

装丁デザイン ―――――― 山上陽一（ARTEN）

発行者 ―――――― 幕内和博

編集 ―――――― 筒井さやか 及川幹雄

発行所 ―――――― 株式会社 アース・スター エンターテイメント
〒141-0021 東京都品川区上大崎 3-1-1
目黒セントラルスクエア 7F
TEL：03-5561-7630
FAX：03-5561-7632
https://www.es-novel.jp/

印刷・製本 ―――――― 中央精版印刷株式会社

ISBN 978-4-8030-1521-8